illustration マニャ子

Kadokawa Fantastic Novels

序章

Intro

男子出生於遙遠的過去。

生育他的乃是被逐出眾神樂園、降臨在大地的第一名人類——

換言之，他正是人類創造的第一個人類。

然而男子遭受神怒，被放逐至異境（挪得）之地。

神賦予他的是殺害同胞的污名以及不死詛咒。

他便如此成了罪人，大地僅留下最後的同胞（胞弟）及其子孫。

豐饒的大地咒詛男子，排斥他歸來。

因此他憎恨大地。在永劫的黑暗及孤獨中，他流於異境的血與淚落到了地上，催生出眾多魔族。

為取代大地喪失的生機，他孕育出文明和爭端。包括習得學問和魔法之人，還有鍛造一切青銅和鋼鐵器械的人。

殘留在土地上的人們遂違逆天規地律，造出新的城市。

一座用碳纖維、樹脂、金屬，靠魔法催生而出的人工都市——

他名叫該隱。原初的罪人，魔族之祖。

如今，他仍在異境之地淺寐。

夢想著回到大地，以及對世界完成報復的那一刻——

†

搖曳的光芒遍布虛空。虹色火焰好似極光，時時變換著色彩和形狀。

結凍的白茫空氣；靜止的時光——

少年一個人躺在僅由寂靜和孤獨支配的空虛世界裡。

年方十二，成長到一半的稚幼少年。

不過他對本身是已死之人這一點早有自知。

單邊肺臟和心臟，還有許多骨頭與內臟都被轟飛，使他血濺四處，死狀甚慘。

少年最後目睹的景象是爆炸的閃光。巨大獸人凶猛作亂，活屍千百成群。

還有棺裡的少女。她睡在羽毛般飛舞的光燦碎冰之中。

如冰河般剔透的蒼白肌膚為少年流下的血所染紅——

「——為何不怕我？少年？」

自時光之流切離的世界裡，響起一陣肅穆嗓音。

虛空中浮現的是白茫寒氣繞身的巨大形影。

展開冰翼的妖鳥或者人魚。

那道形影冷冷地俯望著沾滿鮮血的少年，搖曳如蜃景。

「誰知道……呢……」

嘴唇微微發顫的少年回答。

他並沒有實際發出聲音，因為他的肉體早就喪命了。而失去肉體的靈魂同樣受了傷，正要被吞入這個虛無的世界。

但是儘管明知這些，少年眼裡仍無懼色。

他仰望著巨大的妖鳥淺笑，彷彿抗拒讓生命消逝。

「大概……是因為，我還有事情得處理吧……」

妖鳥用冷峻的超然雙眸瞪向少年。

它的意志就是支配世界的冷酷法則。只要少年有一瞬陷於恐懼，並且接納本身的死，霎時間它應該就會用壓倒性力量撕裂他的靈魂，和以往被拉進這個世界的無數祭品一樣。

少年卻沒有別開目光。他硬是撐起朽體殘軀，以無言表達不屈。

「你的生命早就耗盡，已經辦不到任何事情——」

妖鳥用不含一絲感情的聲音淡然道出事實。

「這裡是第四真祖的『血之記憶』——在悠久生命下無限堆積的時光墳場。我等則是潛伏於真祖血脈，以其記憶為活糧的眷屬。如今你也只是這當中的一部分罷了——」

妖鳥將巨大的冰之翅膀一翻，幻化其身形。

火焰翻騰般的虹色髮絲以及焰光之瞳——美麗的少女身形。

「邁入死亡的人子啊，為何不怕我？為何要呼喚我的名字？」

「妳吵死了……！」

少年打斷少女的疑問，不吐不快地吼了出來。

他硬是扯掉即將融入虛空的染血雙臂，然後起身。

「事情還沒結束！我是來保護那傢伙的！為此我肯利用任何力量，哪怕是毀滅世界的力量也不惜一用……！」

「你那凡人之軀可不比真祖，也想吞噬我等悠久的『血之記憶』——？」

少女感慨地笑了，露出和妖精似的臉孔相襯的無邪笑容。

少年理應失去的血肉、骨頭和內臟開始從無物虛空中逐步再生。

他反噬了想吞掉自己的「血之記憶」。無力的區區凡人反噬了唯有吸血鬼真祖能掌馭的無限「負之生命力」——

「那代價將龐大而高昂，可悲的人子——」

少女瞇起焰光閃爍的眼睛說道。

她握著的手中冒出一塊小小的碎冰。碎冰立刻長成一柄長槍——帶著二叉槍尖的冰槍。

「那我也甘願。所以，拜託妳借我力量——奧蘿菈！」

少年拚命伸出染血的手臂，呼喚她的名字。

剎那間，少女眼中湧現的是淚中帶笑的溫柔神情。

露出微笑的她細語——

好吧，你就接下這股力量——

隨後，她用冰槍深深刺進了毫無防備地伸出手的少年胸膛。

第一章 妖精之棺
Fairy's Coffin

1

那座島浮在地中海近中央處。

島名「戈佐」。

它屬於歐洲馬爾他共和國的一部分，是以觀光聖地聞名的島。富含變化的海岸線孕育出美麗景致，灰色碼頭和藍海形成的對比迷住了眾多旅客。

同時，戈佐也是以遺跡聞名的島。

島上四處可見地下墳墓及環狀石陣，更保留許多據傳為人類史上最古老、源自新石器時代以前的巨石建築物。那是如何用人手建造而出的？是否為祭祀某種神明的場地？種種疑問至今仍存在著許多謎團。

另外——

在那樣寶貴的其中一座遺跡裡，有個男子在無名地下墳墓發掘現場狂放地開口：

「唔～～～～！好吃！」

他是個體格算高壯的日本人，皮膚經過久曬，臉上充滿自信。頭髮也許是他自己修的，長短參差不齊，就像隨手用小刀割過一樣；下巴則有顯眼的鬍渣。褪色皮革風衣搭配軟呢帽的打扮，與其說是遺跡調查員，氣質更像趕不上時代的黑手黨分子或沒生意的私家偵探。

年齡差不多四十歲吧——

男子拿著拜卓拉利口酒的酒瓶。那是用仙人掌果實當原料的馬爾他特產酒。他沉沉坐在野營椅上伸長雙腿，大白天的就在灌酒。

「真不錯，藍天白雲，好酒配美食。這樣才有活著的真實感。」

男子說著將用營火烤好的香腸送到嘴邊。

馬爾他特產香腸是用粗絞肉製成，有一股夠味的獨特香氣。男子粗魯地咬斷香腸，然後又拿著酒瓶豪飲。過了一會，他忽然貌似遺憾地深深嘆息。

「只要旁邊再多個香豔的小姐就完美了……」

「——你在說些什麼啊，博士（Doc.）？」

責備般冷冷回話的是個二十過半的白種女性。

即使女子身穿樸素的冒險家獵裝，依然能讓人感覺到才幹、規矩以及某種格調。端正面容幾乎沒化妝，一頭秀髮則毫不吝惜地削短修齊，看上去就像頂尖的研究者。

「啊……簡單說呢，卡爾雅納小姐。畢竟天氣這麼好，妳是不是該效法她們，打扮得休閒一些？感覺那樣也能提升發掘隊的士氣就是了。」

男子察覺她腳步急躁地靠近，表情變得像是被飼主訓了一頓的笨狗，還嘻皮笑臉地攤開了手邊看到一半的雜誌泳裝照。

「很不巧，那種服務並不在我的職責之內。」

白種女性——第四次戈佐遺跡調查團總顧問莉亞娜．卡爾雅納，粗魯地從男子手中將雜誌搶走。被她稱成「博士」的男子則無奈地聳肩搖頭，莫名同情地將視線對著莉亞娜胸口。

「妳好嚴肅。都專程來到地中海的僻地了，放開一點嘛，要有拉丁的調調。妳也不用難過，在我的祖國有句金言是這麼說的：『平胸具稀有價值。』就算胸部小，同樣會有一群死忠的需求人口——」

「——打性騷擾官司相當麻煩，如果你能避免再讓我的工作增加，那就謝天謝地了。」

莉亞娜用雙臂遮著胸口，冷漠地瞪了男子。

「我才想請教博士，是不是可以像個標榜勤勉的日本人，工作認真一點？況且，將拉丁國家的民族性想得好逸惡勞是一種偏見。請別忘了，這座島自古以來就受惠於地中海貿易，位居繁榮生意及文化的要衝。」

「我沒忘。這座島是北海帝國聯邦的一分子、世上最古老的魔族特區，而且在面對第二真祖的自治領地──『滅絕王朝』侵略的歷史中，這裡曾是最前線的激戰區。」

被稱為博士的男子露出苦笑，飲盡了瓶底剩的酒。

「不過，那才真的和我的工作無關。反正在需要的人手到齊前，我們根本無能為力。」

「你這麼說……確實是沒錯……」

「悠哉幹活吧。就算一股腦地貪功趕進度，也不會得到好結果──」

男子說得輕鬆，然後又朝新烤好的香腸伸出手。

隨後，他們背後傳出了足以撼動五內的爆炸聲。

巨大火柱直竄而上，大地為之搖盪。

沙塵令天空蓋上一層灰濛。

爆發點在兩人所在的岩地後頭──正好是地下墳墓的入口附近。在遺跡發掘現場使用炸藥並不算稀奇事，但是剛才的爆炸規模未免太大了。

有部分遺跡被炸飛，石塊像冰雹一樣落到地面。伴隨著作業人員逃竄的哀號，還可以聽見疑似槍響的聲音，顯然不是正常爆破工程會有的光景。有意外狀況發生了。

「啊……對對對，一味求快的結果就會像那樣……」

男子望著沙塵蓋頂的遺跡，懶散地說了一句。莉亞娜瞪向他大吼：

「現……現在哪是冷靜的時候！到底……出了什麼事──！」

「啊……喂～卡爾雅納小姐……」

在男子呼喚前，莉亞娜就爬上岩地跑了過去。她頂著迎面撲來的爆風，有勇無謀地往爆炸中心點跑下去。

男子低聲咂嘴，然後無奈地捧著愛用的步槍盒追在她後頭。

瀰漫的沙塵中不斷傳出槍聲及怒吼。

遺跡發掘作業原本就處於停工狀態，留在現場的人員不多。只有北海帝國派遣的幾個學術調查團成員，還有從民營軍事公司聘來衛守遺跡的戰鬥要員。

進行槍戰的恐怕就是那些警衛。

和他們交戰的對手則是在爆炸煙塵中蠢蠢欲動的奇怪身影，看起來並非正常生物，感覺也不像單純人造物，而且龐大得恐怖。要是讓最新銳的大型戰車像人類一樣站直，或許就會是那副模樣——

「ＧＡＨＯ！過來幫個忙！ＧＡＨＯ！博士！」

從沙塵中衝出來的是個體格壯碩且留了鬍子的警衛。民營軍事公司(Contractor)的迪瑪斯・卡魯索，遺跡調查團的警備負責人。身高超過一百九十公分的龐然巨體揹著機關槍和彈帶，模樣令人聯想到武裝後的大山豬。他全身到處是傷，表情也焦急得皺在一起。

「嗨，卡魯索。這是在鬧什麼？我應該說過，別進去第三層吧？」

被稱作博士的日籍男子用了和現場不搭調的輕鬆口氣向卡魯索攀談。卡魯索察覺到男子的身影，虛脫似的當場跪了下來。

「抱歉，ＧＡＨＯ……達塔拉姆大學的調查團破壞了協議，擅自展開調查……！」

「傷腦筋。唉，我就知道是這麼回事……還有，訂正一下，我的名字不叫ＧＡＨＯ。」

男子隨口嘀咕完以後，就將視線轉向遺跡內部。

敵人的全貌從逐漸變薄散去的爆炸煙塵中現形了。

那是一尊全高四公尺多、長得怪模怪樣的神像，具有四肢，全身披盔戴甲似的罩着金屬外殼的人型兵器。

平坦的巨大頭部有如抹香鯨，散發著奇妙的神聖感及詭異威迫感。也許它是以希臘神話裡描繪的地中海怪物——「塞特斯」為藍本。

「博士，那是……！」

莉亞娜僵著臉問了男子。男子看似愉快地應聲點頭說：

「類似遺跡守護像吧。聽說第三次調查團的人已經將那些全部排除掉了，沒想到還留著那種大傢伙。真叫人熱血沸騰。」

「說這什麼悠哉的話啊……！」

莉亞娜看他感嘆得彷彿事不關己，頓時捧頭大叫。

神像的出現地點在遺跡地下。那似乎屬於擊退墳墓入侵者的自動防衛裝置之一，是粗心擅闖遺跡的調查團團員讓它啟動了。

而且神像穿破厚實的石灰岩壁，正打算強行爬出地表。

警衛們拚了命應戰，可是憑機關槍的火力根本奈何不了神像的裝甲。那不只是用強韌得驚人的金屬打造，恐怕還經過魔法強化。

神像發出的青白色閃光反而掃過了警備公司的裝甲車，使車子陸續著火。

「唔……！」

莉亞娜不甘心地咬唇，並且碰了自己左腕上的手鐲，接著打算隻身衝到神像跟前。但男子揪住她的領口，硬是將人攔下。

「別心急，卡爾雅納小姐。能靠硬碰硬打過那種怪物的，頂多只有吸血鬼真祖。妳得冷靜，不然只會擴大災情罷了。」

「可……可是——！」

莉亞娜皺著臉瞪向男子。在他們倆旁邊，卡魯索正拚命和神像應戰。然而，別說子彈沒用，連手榴彈直擊也沒能傷到神像的裝甲分毫。

「沒什麼法子嗎？ＧＡＨＯ！這樣下去我們也沒救了！所有人都會死！」

「早說過我不叫ＧＡＨＯ……」

男子將手湊到軟呢帽帽緣上，欲振乏力地嘆了氣。接著他用手機拍下站起的神像，神情看來亂愉悅地嘀咕：

「和第九梅赫爾格爾遺跡的古代兵器（納拉克維勒）很像呢……與其說是防止盜墓的陷阱，倒不如叫它守墳人——為了不讓墳墓裡的東西醒覺的守衛嗎？看來，到這裡是押對寶了。」

「ＧＡＨＯ！」

卡魯索瞪著一直冷靜觀察的男子，恨恨地發出怨言。

男子對焦急的大塊頭警衛笑著說：

「別擔心，卡魯索。這傢伙是遺跡的守衛，不會冒出攻擊外頭人類的舉動。只要調查團那些人不做無謂抵抗——」

他的話說完之前，巨大爆焰就籠罩了神像。火箭彈的直擊——從營地趕來的民營軍事公司援手用上了手提火箭筒。

挨中對戰車的成型炸藥彈，神像卻依舊無損。

何止如此，它更立刻朝發動攻擊的警衛們展開反攻。

神像發出的青白色閃光真面目是高火力雷射炮。那在一瞬間熔解了巨岩，讓調查團的營地陷入火海。成為反擊目標的不只武裝警衛，連調查遺跡用的機材、紮營帳篷和逃竄的調查團團員，也遭受神像毫不留情地無差別攻擊。這樣下去，調查團營隊全滅只是時間問題。

「哎呀呀……這樣就實在不妙了。」

男子洩氣地捂了眼睛。仿照塞特斯造出的神像似乎徹底將調查團認作敵人了。在完全消滅此地的人類以前，它大概不會停止動作。

「博士——！」

「好好好。可以的話，我本來想將它毫髮無傷地回收調查，但現在也由不得我啦。」

男子一邊應付莉亞娜的催促一邊放下原本扛著的步槍盒。

他從盒子裡取出的是一挺全長達一點八公尺的狙擊槍，總重約三十公斤。那樣巨大的槍械與其稱為步槍，形容成大炮反倒合適。莉亞娜愣愣望著那挺巨槍，連眼睛都忘了眨。

「反……反器材步槍？」

「口徑二十公厘。忍受著笨重將這玩意帶來，看來是對的。」

男子的口氣像個炫耀玩具的孩子，說著就將步槍擺上兩腳架就位。

或許是察覺到敵意的關係，神像緩緩回頭。即使如此，男子的動作依然不慌不忙。他手法俐落地裝填彈藥，細心瞄準。

然後等神像完全回頭，頭部的雷射炮口開啟——

在那個瞬間，男子將扳機扣到底，子彈隨轟然巨響射出。目標是神像裝甲的孔隙——雷射炮口本身。

縱使口徑再大，憑步槍子彈自然不可能摧毀耐得過對戰車火箭彈的巨大神像。反器材步槍的真本領終究在於狙擊——彈道的準確度上。

男子射出的彈頭像是被不到數公分的裝甲孔隙吸入，並且入侵至神像內部，對精密的機械結構造成致命性毀損。炮口被破壞使得無處可去的高火力雷射能源逆流，伴隨著青白電光產生爆炸。

「成功了……！」

莉亞娜握緊雙手叫好。任何攻擊都不管用的神像頭一次受了損傷。

「不，還沒完——」

男子卻面色不改。他興味盎然地望著受創的神像，淡然將空彈殼排出。

爆炸後曾停止動作的神像立刻又開始動作，朝著架槍預備的男子這邊直直走了過來。雷射炮膛炸對神像來說似乎並非致命傷，它打算運用披著重裝甲的龐大身軀將男子踩扁。理應遭破壞的雷射炮口周圍更像生物一樣蠢動，逐漸開始自我修復。

「……它能再生？」

「哎，我想也是。好歹是『天部』的遺產，總要有這點本事。」

不出所料啊——男子滿意地嘀咕著笑了。動搖的是莉亞娜等人。

「博……博士——！」

「該怎麼辦？要怎麼打倒那種玩意？」

射完殘彈的卡魯索都快哭了，對男子大吼。他心裡八成希望逃跑，可是身為警備負責人也不能那樣做，至少得爭取時間讓營地的眾人避難完畢。

「別擔心。靠剛才那槍已經大略摸清楚那傢伙的驅動術式了。那一類的遺跡守護像有共通的弱點——下一發子彈可是特製品。」

相對的，男子的表情卻顯得開朗。他享受著這種危急的狀況。

男子將手伸進皮夾克懷裡，拿出了新的子彈——鑲有寶石的黃金彈頭，彈身刻著奇怪的圖樣。

「就算是古代超文明的產物，內藏動力源能持續運作幾千年也太誇張了。遺跡守護像就性質而言，大多是由遺跡本身來供應魔力，所以只要讓過量的魔力流入其迴路——」

男子再次裝彈並且瞄準。他朝著神像的身體隨意開火。

黃金子彈伴隨著巨響猛烈搗在神像的胸膛。

當然，反器材步槍的子彈並不具貫穿神像裝甲的威力。彈頭頓時壓縮損毀，化成無數飛散的碎片。

同時，彈頭吐出了龐大的魔力，形成一道巨大魔法陣——

「咒式彈……！」

莉亞娜察覺到男子用的子彈真面目，愕然轉頭驚呼。

所謂咒式彈，是將龐大魔力封於貴金屬彈身的特殊子彈。現存的彈藥數量極少，能發射的槍支更少。只有一小部分的王室成員才擁有那種價格離譜的高檔玩意，而且其威力絕大。

「你到底從哪裡拿到那種東西的？」

「我說過了吧？那是特製品。」

男子懶散地微笑著站了起來。

勝負已定。受困於魔法陣的鯨頭人身像流洩出閃光，逐漸解體。咒式彈釋放的龐大魔力令驅動神像的遠古魔法術式脫韁失控，進而自取毀滅。

「哈哈……幹掉那玩意了……了不起，ＧＡＨＯ……！」

拋開武器起身的卡魯索豪爽地笑著抱了過來。男子將他粗魯地踹開，厭煩地板著臉。西班牙出身的卡魯索並不習慣日本人的姓名發音。

「拜託……別讓我一說再說，卡魯索。我的名字不叫ＧＡＨＯ，那要發『ＧＡＪＯ（牙城）』的音才對。」

男子捧著槍身熱燙的步槍，嫌麻煩似的起身。

莉亞娜站在相隔一步的位置聽著他們對話。然後她沒讓任何人發覺，只在嘴裡微微嘀咕，崇拜的眼光直對著男子沾滿沙土的背影——

「GAJO……曉牙城……」

2

曉古城在義大利半島——羅馬自治區的機場下飛機，是在三月已經過半的春天時分。為了前往地中海島國馬爾他，他才會在轉機時路過羅馬。

同行者就一個——他的妹妹曉凪沙。原本同道的母親在行經香港時分開了。

古城剛從小學畢業，凪沙又比他小一歲，一般來說這樣的年紀並不適合讓他們兄妹倆在國外走動，不過曉家的背景較為特殊。

由於工作因素，任職於多國籍企業MAR的母親一年有近一半的時間都在海外生活；父親則在三個月前就為了發掘、調查遺跡而停留於馬爾他——

像這樣，古城他們夾在格外國際化的父母中間，從以前就有好幾次國外旅行的經驗，這次更是被父親點名才不得不千里迢迢由日本啟程來到這裡。

「唔哇……！」

十一歲的曉凪沙剛來到機場入境廳就朝四周風景看了一圈，高興得驚嘆。

「古城哥你看，是外國耶！外國外國！好多外國人！招牌也全都是外國話！好久沒接觸到這種氣氛了！」

「哎，畢竟是國外嘛……還有，在這裡我們才是外國人吧？」

古城拖著兩人份的行李，用變聲期前的嗓音嘀咕。

或許是長時間關在飛機客艙裡的反作用力，凪沙異樣興奮。即使沒有那頭及腰的烏黑長髮，她也一樣顯眼。古城覺得他們倆格外受周圍人們注目，不由得害羞起來。

「怎麼了嗎？古城哥？你沒什麼精神耶？啊，發現攤販！好像很好吃！Biscotti！請給我Biscotti！我要買四個！Quattro！」

凪沙握著剛換好的零錢，往機場內的販賣部衝了過去。兩個份量就很夠了喔——店員如此建議，但是她仍堅持買四個，還用了只懂隻字片語的義大利文開始殺價。

「……居然一下就融入新環境了。」

買完東西的凪沙趁古城不注意，又拜託其他旅客一起拍了照片。適應速度出神入化。

「妳真有精神。」

古城望著終於跑回來的妹妹，忍不住感嘆。

凪沙歪著頭，瞧了瞧古城那張臉問：

「我才想說，古城哥好沒精神喔。難得來海外旅行，不享受一下就太可惜了。要不要吃義式脆餅？需要分你一半嗎？」

「呃，不用了。話說妳吃了那麼多機上餐點，還有胃口啊？」

古城打著呵欠說道。日本和羅馬的時差是八小時，身體受了時差影響，變得又倦又懶。從這裡到馬爾他還有大約一個半小時的航程等在後頭。

「老爸也真是夠了，寄那種廉價機票給我們，轉機次數太多了啦。說是海外旅行，基本上還不是來幫他工作的？」

「……也對呢。對不起喔，古城哥，讓你陪著我一起來。」

凪沙的音調變低了一些。他們這趟旅行是為了見父親，不過正確來說，被找來的只有凪沙，古城則是陪她一起來的。

「妳不用道歉啦。好了，接下來該怎麼辦？」

「呃，據說牙城爸爸的朋友會來接我們。對方應該是在航空公司的櫃台附近等……對了，我有拿地圖。」

凪沙說著便摸索起外套的口袋。古城依然抱著行李，呆呆地看她東摸西找，結果忽然有人用肩膀撞了上來。

「Scusi——」（註：抱歉）

有個矮小的外國男性貌似困擾地朝古城搭話。雖然聽不懂意思，不過他似乎是在為撞到

古城的事道歉。他是個年紀三十歲左右，挺樸素且打扮不起眼的男性。

「啊，對不起……呃……Mi dispiace……？」（註：對不起）

古城也用半生不熟的義大利語答話。於是，男子滿意地露齒笑了。

「Huh...Di niente. Buon viaggio, stronzo——」（註：不會。祝你們旅途愉快，笨蛋）

「啊～多謝多謝。Grazie grazie。」（註：謝謝）

古城笑咪咪地揮手目送男子。這時候，警覺有異的凪沙抬頭指了對方。

「古城哥，行李——！」

「咦……？」

男子察覺凪沙開始嚷嚷，忽然拔腿就跑。他抱在腋下的是原本凪沙讓古城保管的行李，裡面有機票、護照、提款卡和其他貴重物品。古城在剛才被男子用肩膀撞上來的一瞬間，被他扒走了東西。

「那個傢伙——！」

霎時間，古城腦裡火大得一片空白。等他回過神來，身體已經豁盡全力衝了過去。飛快加速的腳程全然不像小孩，猛追向扒手。

但對方同樣拚了命在跑。雖然兩人的差距正逐漸拉近，卻沒有那麼容易能追上。要是讓扒手就這麼逃到機場外，人生地不熟的古城要逮到人幾乎無望。

趕不上了嗎——就在古城即將絕望時，有個旅客靜靜地走到扒手面前。那是個比古城和凪沙都嬌小的東洋少女，一身鑲滿荷葉邊的禮服，令人聯想到標緻的瓷偶。

「——Per Dio!!」（註：該死）

與其避開那個少女，扒手似乎寧願直接把人推開。他毫不減速地直直衝向少女，少女隨即輕輕用手裡的洋傘一揮。

扒手大概被少女的行動嚇到了，腳步頓時絆著，彷彿踏空看不見的樓梯，直接摔個四腳朝天。即使如此他仍立刻起身想逃跑，不過在那之前就被古城追上了。

「——把凪沙的行李還來。」

擋住扒手去路的古城說了。

「Figlio di puttana...!」（註：狗娘養的）

扒手不耐煩地咂嘴，拔出了匕首。他當著古城的面亂揮，像要嚇唬人。古城放低重心，默默瞪著那個男子。這讓他回想起小學時熱衷的小型籃球賽守備。

古城當然沒有武器，體格也輸對方。奇怪的是他卻不害怕。只要冷靜觀察就能發現男子破綻百出，面對古城笨拙的假動作更是好騙到可笑的地步。

男子似乎沉不住氣，朝古城邁了腳步。瞬時間，古城鑽進他懷裡，靠著籃球的抄球訣竅搶回了被扒走的行李。

「抱歉啦，大叔。東西我確實要回來了。」

古城亮出搶回的行李，揚起嘴唇獰笑。

男子愣著看了被搶回去的行李，不久就撂下狠話逃走了。古城目送他的背影，感覺一陣虛脫。

「哼哼……你很有一手嘛，小子。」

結果朝古城攀談的是那個身穿豪華禮服的少女。她的外表比古城年幼，口氣和態度卻顯得傲慢又盛氣凌人。不過那與她倒是莫名合適。

「妳也是啊。得救了。這麼說來，妳對那傢伙做了什麼？」

「別多問。我會幫你只是一時興起。」

禮服少女說著嫣然一笑。古城不禁微微露出苦笑。少女的高架子和外表成對比，卻亂有威嚴而不讓人生厭。

「古城哥！」

凪沙跑得上氣不接下氣才總算趕上了古城。確認古城平安，她挑起眉發牢騷，鬧脾氣似的說：

「你不要亂來啦。假如在這種地方受傷要怎麼辦！」

「不要緊啦。再說也有別人幫忙。」

「咦？有誰幫忙？」

「這還用問……咦？」

古城一邊對愣著反問的凪沙感到困惑一邊環顧四周。剛才還在旁邊的禮服少女身影不知不覺間消失了，宛如縱入虛空，不留任何痕跡——

「奇怪，剛才明明還在，有個穿怪衣服的日本女生……感覺年紀和妳差不多就是了。」

「……哎，你沒事就好……真是的。」

凪沙仰望著想解釋的古城，一臉傻眼地發出嘆息。

雖然勉強拿回行李了，機場內卻因為扒手的關係仍然一片騷動。古城會覺得自己特別受注目應該並不是心理作用。

要趁事情變得更麻煩以前先溜嗎——在古城猶豫時，有個陌生女性撥開看熱鬧的人群，朝他們倆開了口：

「——不好意思，請問是曉凪沙小姐嗎？」

那是個將靛色套裝穿得整齊體面的年輕白種女性。儘管感覺沒上妝，仍相當有姿色，氣質像幹練的董事長祕書。

「是我沒有錯……呃，請問妳是？」

「我叫莉亞娜・卡爾雅納，是曉牙城博士託我來接妳的。」

女性用了流利的日語回答態度有些退縮的凪沙。

凪沙訝異得瞠目。

「咦！那麼，大姊姊妳就是牙城爸爸的……呃，家父的朋友嗎……？」

「是的。我被任為第四次戈佐遺跡調查團的總顧問。」

莉亞娜小姐正經八百地說。這麼年輕就能當上總顧問，表示她應該如外表所見是位幹練的女性，而且還是個美女。

「原來這就是老爸捎來聯絡時，媽顯得挺不高興的理由。」

「牙城爸爸外表那個樣子，卻還是不可思議地受女生歡迎呢。」

古城和凪沙把臉湊近彼此，認命似的說起悄悄話。

「請問……有什麼不對嗎？」

莉亞娜略顯不安地問。

凪沙用曖昧的笑容敷衍過去，然後規規矩矩地低頭行禮。

「不，沒事。啊哈哈哈。請妳多多指教。」

3

在戈佐島等待著古城等人抵達的，是一輛加了輕裝甲的軍用四輪驅動車。車子在莉亞娜駕駛下穿過位於戈佐中心地段的維多利亞市街，移動至島的另一邊。

戈佐是自然景觀多彩多姿的觀光地，同時也是登錄為世界遺產的古代遺跡島嶼。遺跡中特別知名的，則是名叫「吉幹提亞」的巨石神殿。

「那是距今超過五千五百年以前——在新石器時代所建造的世界最古老神殿之一。根據島上口傳的說法，築起神殿的是一名叫作桑絲娜的女巨人。吉幹提亞這個名字意思就是『巨人之塔』。」

「妳說……巨人啊？」

古城一邊聽莉亞娜說明一邊隨口附和。不愧是調查團顧問，莉亞娜對於遺跡的知識量相當可觀。基本上古城兄妹倆並非專家，對她的話連一半也無法理解就是了。

「在人類出現以前，名為巨人的生物曾支配過世界——這是世界各地都能讀到的神話類型之一。希臘神話的泰坦、北歐神話的約頓、中國的盤古、舊約聖經的拿非利人——還有亞當、夏娃以及他們的子孫，根據記載都是超脫人類範疇的巨人。」

「那麼，莉亞娜小姐和牙城爸爸就是在調查那些巨人的傳說嗎？」

坐在後座的凪沙從後照鏡朝莉亞娜這麼問了。

於是，莉亞娜露出有些疑惑的表情說：

「難道兩位都沒有聽博士提過嗎？」

「對啊。」

「是嗎……這樣啊……既然如此，博士為什麼要……」

古城和凪沙一臉納悶地點頭。莉亞娜微微抿唇，自問似的嘀咕：

「呃，對了，莉亞娜小姐。」

也許凪沙判斷換個話題比較好，於是語氣開朗地喚了她。

「妳那個手鐲，該不會是——」

「手鐲？妳是指魔族登錄證嗎？」

莉亞娜舉起左手，上頭戴了一個比手錶要大上一圈的金屬製手鐲。那是保障魔族安全的身分證，也是用來監視他們的發訊器，「魔族特區」的特殊裝備——魔族登錄證。

「果然是這樣！那麼，莉亞娜小姐是魔族嘍？」

「是……是啊。我是戰王領域出身的吸血鬼，也兼任這支調查團的護衛。」

莉亞娜回望驚訝的凪沙，神情顯得有些惶恐。雖然說聖域條約生效後已經過了四十年以上，如今仍有不少對魔族感到嫌惡或害怕的人類。被得知真面目，大概會讓莉亞娜擔心凪沙兄妹倆有什麼反應吧。

凪沙卻將莉亞娜的那層憂慮一掃而空，眼神發亮地說：

「哇，好厲害喔！我第一次和戰王領域的人講話。原來如此，畢竟這座島是『魔族特區』嘛。牙城爸爸會有這麼漂亮的吸血鬼朋友，好令人訝異喔。你們從什麼時候就認識了？這座島的陽光滿強的耶，妳不要緊嗎？」

「咦？呃……那……那個……」

「……點到為止啦，凪沙。莉亞娜小姐都被妳嚇到了吧？」

古城看凪沙連珠炮般發問，不得不開口制止。他帶著苦笑，對說不出話的莉亞娜低頭賠罪說：

「不好意思，她話就是這麼多。」

「……你們真獨特呢。不愧是博士的子女。」

莉亞娜輕嘆一聲後露出微笑。她看起來很開心，恐怕並不是古城的心理作用。

「我聽不太懂，但妳那句話絕對不算誇獎吧。」

「呵呵，對不起。」

莉亞娜看著生悶氣回嘴的古城，嘻嘻笑了出來。那張不帶心防的可愛笑容和她給人一絲不苟的第一印象正好相反。

「我們開過頭了耶，這樣好嗎？」

古城回頭看向逐漸遠離的遺跡石壁發問。

「沒關係。我們調查的並不是這座吉幹提亞神殿。」

「意思是還有其他遺跡嘍？」

「是的。去年，我們在離這裡約兩公里遠的丘陵發現了地下墳墓，那裡還沒有正式的名稱，我們倒是管它叫『妖精之棺』。」

「地下墳墓？是墓地嗎？」

「嗯。據推測，那恐怕是『聖殲』前後時期的遺跡。」

「『聖殲』……印象中，那是不是我老爸在研究的玩意？」

如此反問的古城不太有自信。莉亞娜莫名微微臉紅地點頭。

「是啊。殘留在世界各地起因不明的大屠殺及大破壞痕跡——那是相傳由第四真祖引發的浩劫總稱。」

「喔……」

古城他們的父親——曉牙城這個男人是一名考古學者。即使稱為學者，他並非窩在研究室翻找文獻的知性溫文派，而是屬於走遍世界各國的紛爭地帶，並在戰火動亂中掠取發掘品，行徑和趁火打劫只有一線之隔的實地考察工作者。

而牙城研究的主題是名為「聖殲」的事跡——一樁在西歐教會聖經裡亦有記載的歷史性大事。

「不過，那只是傳說吧。實際發生過那種事的證據，據說還沒在任何地方找到……」

「嗯。假如只是個傳說，那該有多好……」

莉亞娜卻帶著莫名憂鬱的臉色嘀咕。古城對她的態度有些不解，不過在他質疑以前，載著一行人的車就離開公路幹線，開進盡是岩石的荒野了。看來要去的遺跡就在前頭。

「已經可以看到了。那就是調查團的營地。」

莉亞娜拚命握緊方向盤說。由於車子開在地勢起伏大的岩地，晃動得非常劇烈，隨便開口似乎會咬到舌頭。

不久後抵達的營地是一座用帳篷和組合屋拼湊出來的樸素營區，只停了幾台挖掘用的工程機器，幾乎看不見稱得上調查設備的機具。

相對醒目的則是民營軍事公司的警衛以及重武裝裝甲車。與其說是遺跡發掘現場，更像游擊隊的武裝據點。

「感覺警備好森嚴耶。該不會埋了什麼寶藏吧？」

「有那種東西的話，我們那個老爸大概會頭一個吃乾抹淨然後開溜就是了……」

凪沙和古城一邊口無遮攔地各說各的一邊下了車。於是——

「——你說誰會吃乾抹淨？」

有個男子忽然從後頭摟住他們倆的肩膀。那是一名穿戴著破爛軟呢帽和皮夾克，散發出酒臭和火藥味的中年男性。

「牙城爸爸！」

凪沙仰望著好久不見的父親，發出開朗的聲音。牙城像是哄小孩似的將女兒輕鬆抱到頭頂上說：

「喔喔，凪沙！還以為怎麼會有天使待在這種地方，這不就是我的女兒嗎！哈哈，來得好。一陣子不見，妳是不是越來越漂亮了？」

「欸……牙城爸爸，這樣我很不好意思啦！」

被抱起來的凪沙紅著臉抗議。牙城帶著一張曬黑的臉龐豪邁地笑著問：

「長途旅行很累吧？有沒有碰到危險？」

「嗯。有古城哥幫我。」

「嗯……古城？」

這時候，牙城似乎總算才想起兒子的存在。他像是由衷不解地歪了頭，淡然問道：

「唷，小不點。你怎麼會在這裡？」

「我陪她來的啦，陪同而已！總不能讓凪沙一個人出門旅行吧！」

「……你來也幫不上任何忙就是了。」

牙城將嬌小的凪沙放在肩膀上，手湊到下巴沉吟後咕噥：

「算啦。別來妨礙我工作喔，小不點。」

「你對我和凪沙的待遇差真多耶。臭老爸。」

古城恨恨地歪著嘴說。他倒不是不生氣，不過對這個男人的壞嘴也已經習慣了。只要想成父親是把自己當成對等的男人看待，感覺就沒那麼壞。

「總之先開飯吧。這座島的料理不賴喔，特產香腸和當地產的啤酒搭得不得了。」

「我們未成年啦！」

牙城依舊亂七八糟的父親德行讓古城忍不住感到頭痛。可是，該在這種時候率先開口糾正的凪沙卻沒有聽他們父子倆對話。

「凪沙？」

「妳注意到啦……」

牙城察覺到凪沙狀況有異，口氣沉重地低聲問了一句。

凪沙默默凝望著的是岩丘的丘麓，疑為祭殿的石窟入口。

那絕不算壯闊的遺跡。紅褐色的石灰岩被風雨侵蝕得慘不忍睹，更沒有費工的裝飾。發掘工程中大概發生過事故，周圍還看得見車輛被破壞的殘骸散落各處。

即使如此，那裡仍瀰漫著一股非比尋常的氣息。王氣般的威迫感彷彿拒絕外人擅闖。

「那就是……遺跡嗎？」

「嗯。『聖殲』的遺產——排行第十二的『妖精之棺』。」

「妖精之……棺……」

和死板遺跡並不搭調的那個字眼帶著某種詩意，讓古城在口中反芻其字音。

凪沙像是被什麼給迷住了，一直默默凝望著遺跡。

4

隔日凌晨——古城和凪沙在黎明前溜出營地，前往附近的森林。

淡水在四面環海的馬爾他屬於貴重品。不過戈佐島的水資源算相對豐富，也有水質清澄的湧泉。

凪沙將身體泡到小小的泉水中。為了袚除障穢、令精神清靈，她正在沐浴。

據說地中海型氣候的馬爾他氣候較溫暖，但凌晨時分依舊相當冷。

她身上只穿著薄薄的白色中衣。濡濕的布料緊貼肌膚，使嬌小的身軀看起來更小了。

「你要守好別讓任何人過來喔，古城哥！」

凪沙大聲喊了在岩地死角待命的古城。

噢——古城無精打采地揮手應聲。在這種遠離人煙的荒郊野外，他倒不覺得會有變態來偷看小學生沐浴，可是放凪沙一個人難免會不安，也就勉為其難地一起跟來了。然而，凪沙卻對體貼妹妹的哥哥說：

「古城哥，你也不能偷看喔！」

「誰要看啊！」

「哇！所以才叫你不要轉過來這邊嘛！」

正好淋浴完在換衣服的凪沙尖叫著丟了東西過來。古城才被濕毛巾蓋住視線，就被皮靴直接砸到臉上，痛得死去活來。

「古城哥，你流鼻血了！下流！」

「是妳拿鞋子砸我的關係吧！」

遭冤枉中傷的古城強烈抗議。凪沙則在這段空檔換完衣服。

她穿的是白衣搭配紅褲裙、外披白袿的巫女裝扮。烏黑長髮用檀紙及花繩束了起來。

「久等了！好啦，我們走吧。來國外就是為了這個，要加油才行！」

「別勉強啦。其實妳根本不需要幫老爸工作。」

古城按著鼻梁，用含糊的嗓音告訴她。

凪沙往上瞟了古城一眼，使壞似的露出微笑。

「嗯。不過，人家對這座遺跡也有興趣。」

巫女裝扮的少女連蹦帶跳地走著，鞋底在腳跟下踏得沙沙作響。

「總覺得，這座遺跡充滿了一股悲傷的氣息。」

「悲傷氣息……？」

「就好像有什麼人在獨自哭泣一樣。」

「哎……用了『棺』這種字眼取名，八成有什麼人埋葬在這裡吧……」

古城跟在凪沙後面朝營地走去。

營地入口站著一個體格壯碩的蓄鬍男性。雖然外表粗獷，倒沒有威迫感，肥厚嘴唇上露出了親切笑容。

「ＧＡＨＯ從日本叫來的小孩就是你們吧？」

男子用了生硬的日文攀談。他提到的陌生單字讓古城有些不知所措。

「……ＧＡＨＯ？」

「我是迪瑪斯．卡魯索，在工作上受過ＧＡＨＯ幾次照顧。這裡的當地人員中，目前就屬我面子最大，多多指教。」

「你好。我老爸給各位添麻煩了。」

古城聽出男子指的是牙城以後，就回握對方伸出來的右手。自稱卡魯索的男子貌似愉快地笑了。

「哈哈，話說那個小姑娘穿的是什麼衣服？好陌生的禮服耶。」

「那是日式的巫女裝扮。其實她沒必要換衣服，不過那樣穿好像比較容易融入情緒。」

「巫女裝扮？原來ＧＡＨＯ的女兒是巫女(Shaman)啊……」

卡魯索盯著笑得害羞的凪沙，發出感嘆之語。

「她沒受過正式修行就是了，頂多偶爾在祖母家的神社幫忙。她繼承了我母親的過度適應者(Hyper Adapter)血統，所以我想多少能盡一份力。」

古城補充說明以後，凪沙就擺了使勁的架勢表示自己會加油。

「原來如此，那還真可靠。畢竟超音波偵測和搜索魔法都對這座遺跡不管用，坦白講我們已經舉雙手投降了。萬事拜託妳啦。」

嗯——卡魯索會意似的點了頭。

繼承自祖母的靈媒素質還有母親的過度適應者之力——凪沙兼具這兩種天賦，成了極罕見的混成能力者(Hybrid)。牙城會特地將她從日本叫來，這就是理由。

凪沙的「過去透視能力（Psychometry）」在之前曾好幾次找出埋藏的遺跡位置，還能讀通無法解讀的古代碑文。基本上那些業績全受託於大學或專門機構的義工服務。

牙城打算將凪沙的能力運用在自己的工作上，其實這還是第一次。也因為如此，古城才不禁擔心。

聽傳聞所說，牙城似乎直到最後都反對叫凪沙過來。

不過遺跡調查團的贊助者卻半強硬地聯絡了凪沙，牙城也只好不情願地接受。換句話說，這次調查遺跡正是如此重要而危險，光看營地四周的森嚴警備也能隱約想像到。

「你也有通靈能力？」

身為警備負責人的卡魯索隨口問了古城。

「沒有，完全沾不上邊。我只是陪她來而已。」

「這樣啊。哎，每個人都有自己的角色。你要好好保護妹妹。」

我會的——古城說著聳了聳肩，然後看向卡魯索揹的衝鋒槍。

「感覺你們的裝備好誇張耶。『魔族特區』果然不太安全嗎？比如治安方面。」

「沒那種事。畢竟這裡管理徹底，魔導犯罪的案件數要比其他國家少得多。」

卡魯索像是要讓古城他們安心，開朗地笑了。

「只不過這座遺跡裡面的玩意……雖然我們也不太懂啦，好像挺有價值的。連戰王領域都派了貴族小姐過來。」

「……貴族？難道莉亞娜小姐是身分不凡的人嗎？」

古城驚訝地反問。戰王領域的貴族據傳就是第一真祖「遺忘戰王（Lost Warlord）」的直系純血吸血鬼。

他們在本國封有領地，具備自己的軍隊。

而且他們應該無一例外地統馭著強大眷獸——力量凌駕最新銳戰車或戰鬥機的召喚獸。

原來莉亞娜．卡爾雅納正是這座遺跡中最強的護衛。

「對啊。我喝醉時不小心摸了她的屁股，差點就被宰了。那女人開不了玩笑。」

「你也夠亂來的了，大叔……」

古城抬頭看向笑著爆料的卡魯索，只覺得傻眼到了極點。莉亞娜確實是個十分有魅力的美女，實際上卻是戰力足以比擬一支軍隊的強大吸血鬼。卡魯索卻對那樣的女性做出性騷擾行為，大膽到這種地步與其說是豪邁，更像單純的傻瓜。

「哎，遺跡四周都讓結界保護得滴水不漏，要是有狀況，軍方的人也會趕過來，想要寶藏的盜掘團根本連接近都沒有辦法啦。只要留在這塊營地，壞人就碰不了你們兄妹倆一根手指，儘管放心。」

卡魯索斬釘截鐵地斷言以後，就用力拍了古城的背。那手勁強得讓古城猛咳，但他還是笑著點點頭。

「我明白了。就靠你們嘍。」

「噢，包在我身上——」

年幼的日本人兄妹朝遺跡入口走去。

在遺跡中，牙城等人應該正等著他們抵達。

曉凪沙這名少女的能力要是如宣稱的管用，發掘工程就會有飛越性進展才對。如果能回收那具「棺材」的內容物，在這座遺跡的工作也就結束了。

「好啦……那我也打起精神回崗位上吧。」

卡魯索伸展著僵硬的身體，繞了營地一圈。

時間大約剛過凌晨四點——

黎明前。據說這是靈能力者感覺最敏銳的時刻，同時也是最適合夜襲的時段。卡魯索他們的工作接下來才要開始。

營地四周原本就有莉亞娜．卡爾雅納布下的強力結界，不管再強大的魔族——非也，越是強大的魔族，要靠近營地就越困難。正因如此，卡魯索他們也能放心地將警備對象專心放在人類身上。

思索這些的卡魯索目送曉家兄妹，自己卻忽然絆到了東西而停住腳步。先前因為下雨而

變泥濘的地面冒出了像枯枝的棒狀物體。

「這什麼玩意?是屍體……嗎?」

卡魯索察覺那是乾癟的人類手臂，頓時倒抽一口氣。

相較之下還算新的人類屍體就埋在營地之內。

為了確認屍體身分，卡魯索當場蹲下。霎時間——

「————!」

理應徹底乾枯的屍體手臂力道驚人地撲向卡魯索。

魁梧的警衛被抓破喉嚨，連聲音都發不出就絕命了。

5

洞窟內和死板外觀形成對比，是一座打磨得光滑的精美石室。

入口附近是有爆破岩層時堆積的石礫，以及像是被巨大怪物抓過的醒目痕跡，不過裡頭保存得幾乎毫無損傷。

石室內部沒有留下任何能辨別年代或文化的文字和裝飾。要說這裡建造於數千年前是可以相信，要說幾年前才完工的話，倒也能被信服。裡頭就是這麼一個不可思議的空間，也難怪調查會窒礙難行。

「這地方滿漂亮的耶。既然說是地下墳墓，我原本想像的更陰森詭異就是了……」

初次目睹遺跡內部的模樣讓古城坦然表示感動。

石室中有微微的亮光，即使沒有燈也能看出大致的輪廓。石壁本身似乎是可以蓄集陽光並發亮的材質。

「與其稱為墳地，這個構造物的建築目的更接近於神殿。」

站在隊伍最後面保護凪沙的牙城用了意外正經的口氣說明。

「表示這裡有古代的神明沉睡著嗎？」

「神？」

牙城看似愉快地咕噥：

「倒也不算那麼高潔的玩意啦。同樣叫神，假如你猜煞神，雖不中亦不遠矣。」

「博士……！」

莉亞娜語帶責備地制止了牙城。可是，牙城天不怕地不怕地笑著搖頭說：

「現在再隱瞞也沒有意義吧。我又不是要嚇唬他們，畢竟這是事實。」

「你說的是什麼意思？」

古城瞪著父親問。牙城彷彿在思索該從何說起，微微板著臉開口：

「第四真祖這個詞，你聽過吧？」

「就是那個叫『焰光夜伯（Kaleido Blood）』的傢伙吧。印象中好像是統馭十二眷獸的夢幻真祖……」

古城當然知道那個名諱。恐怕所有人都聽過那個有名的都市傳說。難道老爸在捉弄人——古城感到一陣惱火。

牙城卻用認真得可怕的表情沉重地對他頷首。

「沒錯。不具任何血族同胞，唯一而孤高的世界最強吸血鬼。他每到歷史轉捩點便會現身，為世上帶來了好幾次屠殺及大破壞——人們之間是這麼流傳的。」

「可是又沒有證據能顯示他真的存在。現在連小學生也不會信那種靈異故事了。」

「證據是有，就在你們眼前。」

牙城說著指向石室內部。

在那裡的是一道厚重石門，找不到接縫或可動處，看不出該如何開啟。要是胡亂將門爆破，很可能會連石室都一起崩塌而遭活埋。那是以驚人的高度技術造出的陷阱。

凪沙會被找來，大概就是為了找開這道門的線索。

「第四真祖睡在這裡頭？」

古城無意識地壓低聲音問。不過牙城卻用毫無緊張感的態度格格笑著說：

「萬一是的話不就有意思了？」

「你說什麼啊？不要拿那種胡鬧的理由亂挖寶貴的古代遺跡好不好！」

古城忍不住發火吼了父親。在那個瞬間，聲音悲痛地大叫的卻是莉亞娜。

「這並不是胡鬧！」

「莉……莉亞娜小姐？」

古城愕然回望對方。莉亞娜大叫的聲音在廣闊石室中迴盪，留下一絲殘響。也許她是對自己的失態感到羞恥，小聲地道歉以後就低下頭沉默了。

「哎，大人有大人的因素，你別在意細節。」

用不負責任的口氣說著的牙城似乎是要袒護莉亞娜。

「這裡是地下墳墓的第三層『追憶之室』。之後應該還有一個房間，但封印得實在太密，找不到入口，所以才需要凪沙跑這一趟——」

牙城說到這裡，就將視線轉向凪沙的臉龐。

這時古城才發現，平時話那麼多的凪沙從剛才就一個字也沒講——

「凪沙……？」

古城聲音沙啞地喚了妹妹。可是凪沙並沒有回頭，瞳孔放大的大眼睛不帶情緒地只顧望著石室的門。

猛一回神，遺跡整體牆壁的青白色光芒已經變強了。透明度增加的石材像水晶一樣，當中更浮現酷似電子迴路的巨大魔法圖紋。

從凪沙口中冒出陌生的異國語言。她似乎正在用那種語言和某人殘留於遺跡當中的意志對話——

建造這座遺跡的人當然知道如何開啟石室的門。凪沙是透過召出那些靈魂，想試著解除門的封印。

但由於接納的靈體太過強大，凪沙本身的意識早就消失了。

現在的她不具自我，成了構築遺跡管理系統的魔法迴路一部分。

「博士！這到底是……？」

「遺跡好像重新啟動了。畢竟發生過遺跡守護像那件事，我也料到魔力源應該還有作用，不過這比想像的還華麗。」

面對莉亞娜驚訝的疑問，牙城用了缺乏緊張感的態度回答。

凪沙的降靈狀態還在持續。她彷彿受了什麼誘導，一踏出腳步，石室的門就隨之呼應而變得更亮。

隨後，門毫無預警地消滅，連一片石礫都不留。

門本身恐怕是透過操控空間的魔法被傳送至異世界了。古城想都無法想像，要有多尖端的魔導技術才能辦到那種事。

「連戰王領域的魔導技師都解不開的封印，居然……在短短一瞬間就……」

莉亞娜茫然嘀咕，眼睛則盯著還處在降靈狀態的凪沙。

巨大門扉消滅，通往遺跡深處的通路現出蹤影。

「唔喔……這裡頭冷透了！」

從通路吹出了強烈寒氣。連呼氣都會變白結凍的寒冷空氣讓牙城誇張地打起哆嗦。

由於大氣急遽變冷，遺跡內部開始漫上濃霧。凪沙走向通路深處，像是要融入那一整片霧當中。

「凪沙！」

古城急忙想阻止，但牙城出聲打斷了他。

「慢著，古城！別接近她！」

「可是凪沙她……」

「這裡就交給那傢伙吧。至少交靈似乎成功了，隨便讓她恢復神智反而危險。」

「唔……！」

當場打消念頭的古城緊咬嘴唇，儘管不甘心，但父親說得對。現在古城能做的只有拚命跟上凪沙，避免把人跟丟。

穿過濃霧籠罩的通路以後，前方就是最後一個房間。

幾乎呈圓形的挑高房間。設於房間深處的祭壇罩著一片有如極地冰河的巨大冰塊。在那具冰棺當中，睡著一個嬌小人影。

和凪沙身高相仿的少女。

肌膚潔白剔透，稚嫩面孔端正得不像人類。色素淡薄的金髮反射著光芒，如彩虹閃亮。

「那就是『妖精之棺』……？她……死了嗎？」

古城仰望著少女嘀咕。

睡在冰棺中的少女模樣確實讓人聯想到封在透明琥珀的妖精，可以感受到某種凶惡氣息的美麗妖精。

縱使她是第四真祖——世界最強的吸血鬼，想來也不可能在這種情況下存活。儘管如此，石室裡的所有人都發現了。

遺跡的魔力供給源就是冰棺中的這個少女。是她在呼喚凪沙。

「總算找到了……第十二號的『焰光夜伯』……！」

莉亞娜望著少女喃喃自語。

古城不懂莉亞娜話裡的意思。但那刻板的頭銜感覺和睡在冰棺中的虛幻少女並不相襯。

無數尖銳冰柱圍著冰棺，阻隔了有意接近少女的人，看上去就像守護其安眠的荊棘。

「簡直像睡美人嘛……」

古城無意識地說出想到的字眼。沒錯，囚禁在冰棺中的孤獨少女與其稱為吸血鬼，反而更像童話中命運悲慘的公主。

有這種想法的似乎不只古城。

莉亞娜望著古城的臉龐，露出了白色花朵般清純的微笑。

「睡美人……弗洛雷斯坦國王的女兒（奧蘿菈·弗洛雷斯緹納）——奧蘿菈嗎？」

「不錯嘛。比起用單調乏味的編號來稱呼，那樣既炫又有詩意。」

牙城用了和年紀不搭調的詞來誇獎。古城感覺亂不好意思，就罵了毫無緊張感的父親。

「現在哪是悠哉說這些的時候！這樣下去連凪沙也會結凍！」

「嗯……也對……」

牙城沒有否定兒子的意見。

來到冰棺前的凪沙正逐漸被寒霧籠罩。關住少女（奧蘿菈）的冰棺也許是打算直接將凪沙一起納入冰層當中。

不然就是少女為了讓自己復活，正打算吸盡凪沙的靈力——

牙城明白那一點，卻沒有要救凪沙的動作。何止如此，他更吩咐：

「卡爾雅納小姐，這裡可以交給妳嗎？」

「老爸——！」

看牙城忽然背對凪沙，古城這次真的無話可說了。

身體在思考前先有了動作。古城握緊小小的拳頭，打算痛扁父親。

不過古城沒能阻止父親。在他出手以前，整座遺跡開始搖動。巨鎚撼地般的衝擊造成搖晃，讓古城失去平衡摔了一跤。

「……地震嗎！」

整間石室軋然作響，零星沙礫從上頭撒落。地面的搖晃沒有持續太久，強風取而代之地吹了進來。是混有火藥味的爆風。

這陣衝擊似乎成了契機，凪沙的降靈狀態已經解除。裹著巫女裝束的嬌小身軀無聲無息地當場倒下。

「博士，剛剛的是……！」

莉亞娜神情嚴肅地瞪向背後。

「嗯……狀況好像變得有點麻煩。」

牙城卸下揹在背後的步槍，並解除安全裝置。那是犢牛式的戰鬥步槍。古城被父親突然轉變的異樣氣息嚇住了。

「抱歉，古城。凪沙拜託你照顧，我立刻就回來。」

「老爸！」

古城目瞪口呆地目送牙城奔離的背影。

他想起卡魯索等人衛守營地的嚴肅氣氛。有人覬覦這座遺跡是從一開始就明白的事情，只不過古城沒有理解那一點而已。

而牙城卻把凪沙叫來這種地方，明知有危險——

「可惡！那男的到底在想什麼！」

古城用力捶了地板。

莉亞娜難過地垂下視線，蹲到他身邊。

「……很抱歉將你們扯了進來。不過，請你別責怪博士。那一位是心裡最難受的人。」

「這座遺跡是什麼玩意？難道不是普通的地下墓地嗎？你們說的第十二號『焰光夜伯』到底是——！」

古城逼近到莉亞娜面前質疑。

撇開問題的莉亞娜制止了他，靜靜地釋放出殺氣。

「這件事之後再提。古城，請你後退。」

「咦？」

莉亞娜解開左腕上的登錄證（手鐲），瞪著遺跡入口。她的眼睛深紅發亮，唇縫露出獠牙。

古城想起她的真面目。莉亞娜是戰王領域的貴族，「舊世代」的吸血鬼。

「——對方來了。是敵人。」

莉亞娜話還沒說完，眾多人影已先湧入石室。

來者的模樣讓古城說不出話，因為他認得那些人的臉。

炸開遺跡入口強行闖進來的「敵方」士兵——

身穿防彈裝甲、以槍械武裝過的他們，正是之前衛守營地的民營軍事公司的一干警衛。

6

調查團營地陷入了火海，車輛和採掘用工程機器悉數遭到破壞，連和遺跡無關的宿舍及帳篷也都不忘放火。

「噢噢……幹得很轟動嘛。」

從地下墳墓來到外頭的牙城咬牙切齒。

敵人的真面目不明，能想到的對象太多了。不希望第四真祖復活的人並不只人類，魔族當中也大有人在。這在「戰王領域」內部也是一樣。

「難道卡爾雅納小姐的結界被打破了？能夠做到那種事的，只有和卡爾雅納家同等級以上的吸血鬼……不對……」

事情不對勁——牙城蹙了眉頭。

聽命於莉亞娜．卡爾雅納的眷獸有三匹——

保護營地的結界本身就是其中一匹幻化而成的。遭到足以打破結界的攻擊，身為宿主的莉亞娜沒道理渾然不覺。

死者人數格外少這點，也讓牙城感到在意。

受害狀況這麼嚴重，地上卻幾乎看不見屍體。如果只有調查團的學者，倒還可能集體跑去避難，可是連民營警備公司的警衛也全部放棄職守，就令人匪夷所思了。

基本上，就連敵兵都不見人影——

牙城壓低重心，毫不鬆懈地走出遺跡。

而蓄鬍的魁梧警衛在這樣的他面前冒出來。

「牙城！太好了，你沒事啊。」

「卡魯索嗎……發生什麼狀況了！」

牙城瞪著從岩地死角現身的卡魯索問。看來卡魯索似乎受傷了。他穿在身上的戰鬥服被流出來的血染成了污黑一片。

「抱歉，我們被殺了個措手不及。結界被打破以後，營地就成了這副模樣。雖然我們勉強將敵人擊退了，但傷患實在太多。牙城，你能不能幫個忙？」

「也好。我會幫忙的……不對，在那之前——」

牙城帶著哀傷神色看了用無助的口氣報告的朋友。

隨後，他將步槍槍口指向卡魯索的胸膛。

「牙城……！」

卡魯索嚇得瞪大眼睛，牙城卻不予理會地扣下扳機。

發射的子彈不偏不倚打穿了卡魯索的右臂，鮮血和肉片飛濺，他拿著的槍也掉到地上。

「你這是……做什麼？曉牙城……！」

卡魯索用毫無生氣的眼睛瞪了牙城。牙城以軟呢帽緣蓋住眼睛，壓抑著怒氣低聲說：

「別演那種三流戲碼了，該死的恐怖分子。正牌的卡魯索不可能將我的名字講得那麼標準……況且現在的你，身上滿是屍體臭味。」

「唔……」

卡魯索——過去曾是卡魯索的行屍（Living Dead）貌似動搖地發出短短低喃。

牙城用步槍直接朝腳下連續掃射。準備從地面爬出的其他屍體陸續被葬送。

「死靈魔法（Necromancy）……原來如此。我還納悶你們是怎麼打破結界的，結果在調查團（我們）抵達以前，屍體早就埋好在這裡了。你就是讓那些死屍甦醒，從結界內對營地發動攻擊的吧——」

牙城一邊擊退不停冒出的行屍一邊咕噥。

屍體沒有體溫及脈搏，也不會發出殺氣。面對已遭埋葬的屍體，再優越的監控系統也無用武之地。由於地點接近蓄有強大魔力的地下墳墓，來到發掘現場的魔法師們也沒能察覺到屍體的氣息。

敵人的陷阱設得高明。莉亞娜那道從外側無法打破的結界，也防不住一開始就潛伏在營地裡的敵人。

「操控死靈魔法的恐怖組織——這種手法我聽過，是黑死皇派嗎！」

「虧你能看穿。不愧是人稱『冥府歸人』的曉牙城……但已經太晚了！」

操弄卡魯索的魔法師用了他的嗓音嘶喊。

那陣喊聲變成信號，新的一批殭屍又從地下冒出來。長著厚毛皮的外貌顯然並非普通人類的屍體，牙城發射的步槍子彈遭強韌肌肉彈開。

「居然還有獸人的行屍——！」

新敵人的攻勢壓境而來，使得牙城陣陣後退。縱使成了殭屍，獸人的肌力和體能依舊是威脅。

黑死皇派是「戰王領域」出身的恐怖組織名稱。

這支好戰的派閥提倡獸人優勢主義，反抗讓吸血鬼的「夜之帝國」支配，更訴求要毀棄旨在讓人類和魔族共存的聖域條約。他們的領導者自稱「黑死皇」，身為獸人卻精通死靈魔法，不斷在世界各地展開種種恐怖攻擊行動。這群敵人比牙城預料的最壞狀況還糟。

「蠢貨……你們是知道這座遺跡有什麼才發動襲擊的嗎！」

「我不知道，而且也不感興趣。」

操縱卡魯索的男子將牙城的問題丟到一邊。

「不過我知道，那些骯髒的吸血鬼真祖對這座遺跡抱著非比尋常的關心，甚至派了卡爾雅納家的繼承人過來監督——！光是如此，我們就有充分的理由燒光這裡！」

「嘖……！」

牙城焦躁得變了臉色。對方的目標果然是遺跡。可是，他不能讓這群傢伙過去那裡。遺跡裡還有凪沙和古城。

死靈魔法師用卡魯索的嗓音笑了。

「別擔心。沉睡在這座遺跡的寶物，我們會充分運用。等你變成屍體，我就會從你的腦子裡挖出所有和遺跡有關的知識——」

「用你那快腐爛的腦袋理解得了我擁有的知識？」

牙城設法令殭屍癱瘓以後，步槍也用盡殘彈了。他拋開功成身退的步槍，從外套背後抽出新的槍械——短槍身的散彈槍。

「抱歉，卡魯索……我沒能救你一命！」

「呵……你以為那種豆粒大的子彈攔得住這副身軀——」

化為殭屍的卡魯索用魁梧身體衝向牙城。要是直接硬碰硬，哪怕是牙城也不堪一擊。

然而牙城並沒有閃避。他用散彈槍的槍口對準卡魯索迎面開火。

從散彈槍射出的散彈攻擊範圍廣，相對的在貫穿力就略遜一籌。那應該無法攔下已成為殭屍的卡魯索。

可是——

卡魯索隨著淒厲慘叫倒下了。

從魔法師的支配獲得解放、變回普通屍體的他，就這麼閉著眼睛停下動作。

從附近的岩地取而代之地冒出了一道踉蹌身影。那是操縱卡魯索的死靈魔法師本尊。他一面痛苦呻吟一面用憎恨的目光對著牙城。

「這是對付魔族的銀鈀合金鋼矛彈，對你的靈體同樣有效吧？」

牙城又裝填新子彈，嘴裡說得冷靜。

他用的子彈是蓄有咒力的魔彈。塞在彈身中的小型箭狀彈不只打在殭屍化的卡魯索肉體上，更對操縱其身軀的魔法師造成了直接的傷害。

「你……你這傢伙！區區人類也敢傷我的身體──！」

男子擦掉從額頭滴落的鮮血大吼。他全身的肌肉頓時隆起，轉變成巨大野獸的樣貌，是個有著漆黑毛皮的高大獸人。

「使用死靈魔法的獸人……！」

牙城愕然得表情凍結。獸人擁有強韌肉體，罕有特地學習魔法的事例。假使有例外，也該是少部分具備先天性強大魔力的獸人種族。在黑死皇派的恐怖分子當中，有此等力量的就是黑死皇本人以及另一人──

「你該不會是『死皇弟』──葛蘭．哈薩洛夫！」

「知道我的名諱，值得誇獎！你就帶著這份榮譽下地府吧，曉牙城！」

漆黑獸人發出咆吼。牙城用散彈槍朝他開火。

發射出的無數箭型子彈（Flechette）卻被獸人以壓倒性的反應速度全數躲開了。他直接以無法目視的速度撲向牙城，用強烈的膝撞招呼過來。

「唔喔……！」

擋住那一腳的散彈槍被踢斷，牙城的臉痛得皺在一起。骨頭碎裂聲沉沉響起，嘔血的牙城被踹得往後飛去。

延燒的火勢籠罩營地，黎明前的天空被染成了深紅。

7

「嗯……！」

被古城抱在臂彎裡的巫女裝少女低聲呻吟著動了身子。

長長睫毛顫了顫以後，睜開眼睛。儘管眼睛還有些失焦，顏色和平常是一樣的。降靈狀態解除了。

「……古城……哥？」

「妳醒了嗎？凪沙？雖然好不容易醒來，妳還是閉上眼睛比較好。」

古城努力裝得平靜，對因周遭情況而動搖的妹妹這麼說。

被囚禁在巨大冰塊中的金髮少女、令人聯想到荊棘叢的無數冰柱、地下石室、入侵進來的眾多士兵——

還有從化為殭屍的大群警衛手中保護著古城他們的美麗女吸血鬼。

她原本梳得整齊的頭髮亂成一片，全身上下被敵人的血濺濕，而且她自己似乎也負了傷。不過偷襲遺跡的殭屍已經全部被擊斃，變回原本的屍體了。

「舊世代」的女吸血鬼隻身殲滅了數十具殭屍。

要不是得保護古城兄妹倆，她也不會受傷吧。壓倒性的戰鬥能力不辱「戰王領域」的貴族之名。

「莉亞娜小姐……」

「對不起。這稍微費了點手腳。」

莉亞娜察覺到凪沙虛弱的呼喚聲，看似困擾地微笑了。

在她左右兩旁，蜷伏著兩頭猛獸。

那分別是帶著金色和銀色光澤的巨狼，體長應該都有三、四公尺，明顯並非尋常生物。它們是濃密得足以擁有實體的魔力聚合物。

「眷獸……」

「是的。我們吸血鬼畜養在血裡的召喚獸……具備意志的魔力聚合體。哪怕恐怖分子來得再多，只要有斯庫爾和哈提它們在，敵人絕對動不了冰棺和兩位。請你們放心。」

「恐怖分子……？」

古城反問莉亞娜。為什麼號稱恐怖分子的人會來攻擊這種地處邊境的遺跡——他不明白其中理由。

隔了一段慎選字句般的沉默，莉亞娜回答：

「對方恐怕是黑死皇派——獸人優勢主義者。那是一群號稱獸人在魔族當中才是最優越的種族，還要求毀棄聖域條約的國際通緝犯。」

「為什麼那種人會找上這座遺跡？」

「他們八成知道這裡是和『焰光夜伯』有關的遺跡吧。因為對獸人優勢主義者來說，吸血鬼真祖是可恨的最大敵人。」

聽了她的話，古城恍然大悟地倒抽一口氣。

「這樣嗎……假如奧蘿菈真的是第四真祖……」

「嗯。對那些人來說，她應該是值得賭命摧毀的目標。」

莉亞娜說著嘆了氣。

其實她應該想立刻趕去支援牙城吧。但莉亞娜是調查團最強的戰力，離不開這裡。因為恐怖分子盯上了這裡——「妖精之棺」的本體。

「你們說的奧蘿菈是……？」

凪沙一臉疑惑地發問。古城微微笑著，指了後頭的冰塊。

「就是睡在那裡的公主名字。莉亞娜小姐取的。」

「是這樣啊……」

凪沙仰望著被囚禁在冰棺的少女，溫柔地瞇起眼睛。

「怎麼了？」

「沒有。總覺得，她好像很高興……」

「她？奧蘿菈嗎……？」

感到微微不安的古城瞧了瞧凪沙的臉。他以為降靈狀態已經解除，但似乎不是那麼回事。說不定凪沙和奧蘿菈到現在還共有著部分意識——

當古城對這個假設感到一股說不出的恐懼時，凪沙全身忽然僵住了。她猛烈發抖得像是在害怕，還緊緊依偎著古城。

「……凪沙？」

「有東西……要來了……這是什麼……不要……好恐怖……！古城哥，快逃……！」

「凪沙？喂！」

妹妹的異常反應讓古城大感混亂地環顧四周。就在下一瞬間，伴隨著轟炸般的巨響，石室的外壁坍塌了。

高大獸人踹開落下的瓦礫現出身影。

長著漆黑毛皮的狗頭獸人——身高應該近三公尺。由於那超乎常理的龐大身軀，他無法利用一般的通路進來遺跡。

「——原來妳在這裡，莉亞娜．卡爾雅納。」

漆黑獸人瞪著女吸血鬼，嘲弄似的大笑。

「妳居然讓區區人類代妳戰鬥，自己卻像隻野兔躲在地窖中發抖。不愧是以怠惰軟弱聞名的卡爾雅納伯的女兒，和當家的一樣膽小。」

「……住口，禽獸！不准你再侮辱我父親！」

莉亞娜紅著臉大吼。看來獸人是知道她的底細才出言挑釁。莉亞娜的反應正如期待，讓獸人滿意地笑道：

「別逗我發噱，小丫頭。憑妳能做些什麼？和曉牙城交手都比妳來勁。」

「——啃碎他，『日蝕狼(斯庫爾)』！」

牙城已經被收拾掉了——獸人意有所指的這句話，徹底從莉亞娜身上奪走了冷靜。她怒不可抑地命令自己的眷獸衝向獸人。

吸血鬼眷獸是強大的魔力聚合體。獸人縱有強韌肉體，和眷獸硬碰硬也招架不住——任何人都如此篤定，除了一個人——獸人自己。

「妳以為憑這種程度的眷獸奈何得了『死皇弟』嗎——！」

漆黑獸人只用右臂就擋下了莉亞娜那匹化為閃光猛衝而來的眷獸。他制住眷獸的動作，打算直接將它掐爛。

「什……！」

難以置信的光景讓莉亞娜呆立不動。獸人光憑肉身就和眷獸鬥得不分上下——不可能會有這種事。

漆黑獸人當著驚訝的她眼前逐漸變換形體。

變成徹底的猛獸，而非獸人——

如今，他全身膨脹成好幾倍大，肉體更籠罩著一層濃密魔力，和莉亞娜的眷獸幾乎對等——不，猛獸的魔力還在它之上。

「難道是……神獸化！」

莉亞娜察覺男子力量的真面目，不禁發出驚呼。在獸人當中，也只有極少數高階獸種才具備這種特殊能力。他運用龐大魔力將自己的肉體暫時轉變成神獸，轉變成足以匹敵天使或龍族的神話生物——

「我和妳這種不借助召喚獸力量就什麼也辦不到的吸血鬼不同，我們可是吞下巨人心臟而降生的魔狼後裔，因此獸人才是最高階的魔族！好好體會地上最強種族的力量吧！」

「大言不慚……！咬碎他，『月蝕狼（哈提）』！」

從動搖中重整陣腳的莉亞娜下令要另一匹眷獸攻擊。

捨棄防禦而奮不顧身的攻擊。兩匹眷獸雙雙猛攻，逼退了神獸化的敵人。但是——

「嘎哈哈哈哈……！雖說已經家道中落，到底是戰王領域的貴族，夠頑強！不過，終究是我們贏了！」

「你還不服輸——！」

莉亞娜皺著臉，將魔力釋放到瀕臨極限。

她的視野因而變窄，對危險的反應也變緩慢。

數具殭屍彷彿就等這一刻，從石室裡堆積的瓦礫中冒出，殺向毫無防備的莉亞娜本人。

漆黑獸人特地破牆現身就是為了讓屍體埋伏在瓦礫之下。

「行屍——！」

「已經遲了，莉亞娜．卡爾雅納。」

獸人驕矜地高笑。

吸血鬼會被稱為最強魔族，是因為他們擁有眷獸這張壓倒性王牌。肉體本身就魔族而言，反而屬於脆弱的類別，何況莉亞娜還是纖瘦的女性，在體格上並無優勢。

被殭屍化的警衛持槍開火，沒有眷獸護衛的她根本無從抵禦——

「莉亞娜……小姐……！」

行屍們掃射的子彈貫穿莉亞娜的身體，鑿穿她的心臟。

古城只能呆呆看著那一幕。

年幼的古城也能一眼看出，縱使是「舊世代」的吸血鬼，受了這種重傷也無法再生。那是致命傷。莉亞娜已經回天乏術——

「啊……」

凪沙的喉嚨冒出聲音。

莉亞娜的身影搖擺不穩。她眼裡盈上淚水，發青的嘴唇編織出微弱字句。

「對不起，博士……我……」

那聲音並未傳進古城他們耳裡，就被獸人的咆吼掩蓋過去。

神獸化的漆黑獸人將失去宿主的兩匹眷獸一腳踹開。眷獸們維持不了實體，龐大魔力頓時四散爆射，受到衝擊的遺跡開始崩塌。

渾身是血的莉亞娜緩緩仰身倒下。

「噫……呀啊啊啊啊啊啊啊啊啊——！」

凪沙仰天尖叫。殘留在遺跡內的濃密魔力、戰鬥的餘波，以及莉亞娜絕命時的意念正川流不息地湧入年幼巫女體內。

漆黑獸人冷冷瞥了痛苦的凪沙一眼。

不過，他像是立刻失去興趣似的抬起頭。年幼的人類兄妹倆不值得特地下殺手——他大概是這麼判斷吧。

「第四真祖嗎——」

獸人盯著古城他們後頭的冰塊，以及沉睡其中的少女。

由於莉亞娜的眷獸失控，巨大冰塊已經半毀，少女的部分肉體接觸到外界空氣。

但少女並無覺醒的跡象。囚禁在冰中的亡骸沒有道理醒來。

「我對遺跡的真偽沒有興趣，不過光是莉亞娜‧卡爾雅納肯賭命保護這裡，就有足夠的摧毀價值了……幼小的兄妹啊，詛咒自己剛好在場的不幸吧。」

在獸人把話說完以前，行屍們已舉起槍口。

他們應該是打算集火將少女的肉體粉碎得再也無法復活，即使明知在她旁邊的古城和凪沙也會遭受波及——

「啊……啊…………」

古城摟著痛苦的妹妹拚命抵抗絕望。牙城沒有回來，莉亞娜也死了，已經沒有人能保護他們。面對凶狠的獸人及眾多行屍，古城不可能有辦法對抗。

即使如此，他還是不能死心。非保護凪沙不可，快動腦——古城催促自己。快動腦快動腦快動腦，要怎麼做才救得了凪沙？要怎麼做——

時間卻不等古城做出決斷。

「『焰光夜伯』的傳說將在此告終——碎屍萬段吧！」

在獸人的命令下，行屍們扣下扳機。隨後槍口同時冒出了火花。

8

昏暗遺跡中滿是濃霧、硝煙及碎冰。

行屍們集火後的餘韻。

被囚禁在冰塊中的少女亡骸應該已在彈雨下成了零碎的肉片。即使她真的是第四真祖，也不會再甦醒才對。

當然，死皇弟——葛蘭·哈薩洛夫並不相信第四真祖真的存在，所以反倒不介意對方是假貨。

黑死皇派消滅了被譽為世界最強吸血鬼的第四真祖——只要能留下這項事實就夠了。莉亞娜·卡爾雅納曾保護遺跡一事也會提升傳聞的可信度吧。

這樣一來，恐怖組織「黑死皇派」就會更加威名遠播。

儘管代價說來絕不算小——

「結束了嗎……？」

哈薩洛夫嘀咕著擦去嘴角盈出的血。

他的側腹到背部都有遭魔法火焰燒蝕的鮮明傷痕。那是和曉牙城交手時受的傷。那男的身為人類卻讓哈薩洛夫倍感棘手，最後更用咒式彈還以痛擊。

而且在身負重傷的狀況下神獸化令哈薩洛夫的壽命大幅減少。和莉亞娜・卡爾雅納的這一戰，他贏得絕不算手到擒來，那個時候，他反而被逼得非借助行屍的戰力不可。即使如此，哈薩洛夫勝利的事實仍舊不變。

費力擊斃強敵的實在感讓他亢奮無比。

然而，像是要對志得意滿的他潑冷水似的，濃霧裡傳出微微呼喚聲。

「古城哥！古城哥……張開眼睛，古城哥！求求你……！」

聲音的主人是身穿巫女衣裳的東洋少女。她摟著應為哥哥的少年身軀，拚命想救人。

不過任何人都能看出那是白費力氣。

少年的身軀被彈雨掃得血肉模糊，胸膛傷得尤其稀爛。即使是再生能力傑出的吸血鬼，受了那種傷勢應該也無法得救，更遑論普通人類。

在這種狀況下，妹妹能活下來反而令人訝異。行屍開火時應該已確實將他們收拾——

「原來如此……你挺身保護了自己的妹妹嗎？我讚賞你的氣概，少年。」

哈薩洛夫俯望著喪命的東洋少年，發出感嘆之語。

少年恐怕是在遭到掃射前奮力推開了妹妹的身軀，讓她退到石室邊緣的火線死角，他自己則成為誘靶，一舉承受行屍的掃射。

妹妹幸而無恙。雖然不到毫髮無傷的程度，但只受了能保住意識的輕傷。

不過，結果少年當然直接挨了槍彈。他就在冰棺正面受到集火射擊。

「儘管愚蠢無謀，我仍然認同這是勇敢的舉動。不過很遺憾啊，人類的肉體終究是如此脆弱——」

哈薩洛夫看似同情地說完，再次讓自己變身為巨大的神獸。

少年的肉體經過那樣掃射卻還保有原型，讓哈薩洛夫感到掛心。

既然如此，第四真祖的肉體也可能還保留著。為避免事有萬一，要將那徹底燒光才行。

「——別擔心。這次我會給你們一個痛快！」

哈薩洛夫對東洋少女如此宣告，然後殘酷地笑了出來。

漆黑獸人體內正逐漸凝聚驚人的魔力。他打算以強大的神獸猛焰(Breath)消滅這座遺跡的一切。

然而，在施展攻擊的前一刻——哈薩洛夫腦中冒出了些許疑問。

那個少年為什麼會站在冰棺的正面——？

他應該知道行屍們瞄準的是冰棺。即使要保護妹妹，他也不必刻意承受掃射。

難道，少年想救第四真祖——？

不，那更不可能。他光要保護妹妹就豁盡心力了，照理說不會有那種心思。沒錯，他是想救妹妹，哪怕得犧牲自己。

那樣的他會自尋死路的理由是什麼——？

即使妹妹在最初的掃射中存活，也無法保證能得到一條生路。可以料到的是八成還有別人會對她下殺手，就像哈薩洛夫現在想做的一樣。

真的想救妹妹，少年就非得活下來。

莉亞娜．卡爾雅納已經不在了，除了身為哥哥的他，沒有人能拯救妹妹。

那麼，假如少年知道有人或許救得了他的妹妹——

「第四真祖……！」

哈薩洛夫持續充填魔力，嘴裡不自覺地低喃。

「第四真祖的亡骸去了哪裡……！」

哈薩洛夫命令麾下的行屍展開搜索。第四真祖的亡骸——理應囚禁在冰棺中的少女，不在。不見人影。

「少年……你……！」

不會吧——哈薩洛夫聲音顫抖。

莉亞娜的眷獸在當時失控，冰棺因而裂開，少女的亡骸暴露在棺外。

萬一她就是真正的第四真祖，據傳受神詛咒的身軀便不會死滅，在任何些微的契機下復活都不奇怪。些微的契機——

比方說，如果有人類願意成為祭品，將自己的血獻給她——

「那都在你的計算當中嗎！你料到自己被掃射的血肉會淋在第四真祖身上。」

接著，哈薩洛夫總算發現了。

之前被囚禁在冰塊中的少女並不是消失，只是令自身沉潛罷了。

潛伏在血肉橫飛的少年肉體底下，沉入他所流出的血窪當中——！

「奧……蘿………菈…………」

理應絕命的少年似乎喚了什麼人的名字。

隨後，忽然湧出的駭人寒氣籠罩了遺跡內部。

「這是怎麼……回事……！」

哈薩洛夫的臉嚇得皺在一起。

渾身是血的少女攙扶著少年的傷軀站了起來。

只穿著粗糙薄衣、像妖精一樣的少女。

她那散發虹色光彩的頭髮飛騰如火，睜大的雙瞳綻放著焰光。

被她四散的寒氣掃過，凍結的行屍陸續粉碎了。

連神獸化的哈薩洛夫也差點折服於那強橫的魔力。

「沒用的。就算妳是真正的第四真祖，才剛醒覺的妳不會是我的對手！」

哈薩洛夫發出咆吼。他將凝聚的魔力徹底解放，釋出最大規模的猛焰。

經壓縮的魔力業火連吸血鬼的眷獸都能一擊消滅。

那是以這座遺跡為中心，半徑數百公尺內都將不留痕跡地化成灰，連哈薩洛夫自己都無法全身而退的自殺式攻擊。

可是，那波必殺的漆黑猛焰卻被焰光之瞳的少女輕易接下。

浮現在她背後的，是冰河般剔透澄澈的巨大身影。

上半身近似人類女性，下半身則是魚尾，而且背後長著翅膀，指尖跟猛禽一樣是銳利鉤爪。冰之人魚，或者妖鳥(Seirēn)——

搖曳如蜃景的異界召喚獸。

「居然是……眷獸……！」

少女喚出的眷獸將漆黑猛焰完全消滅了，而且多餘的魔力更化成寒冽狂流，讓神獸化的哈薩洛夫瞬間凍結。

降溫至絕對零度以下，使物質無法維持物質形態的負溫領域——

「怎麼……可能……世上不可能容許……這等驚人力量……」

哈薩洛夫的意識只維持到這句話末尾。

他的肉體消滅得連灰都不剩，而他們所待的遺跡也是一樣——

「古城哥……」

曉凪沙在逐漸崩塌的石室中氣若游絲地嘀咕。

一切逐漸被包覆在白茫昏幽之中——

9

在眩目朝陽照耀下，曉牙城醒了。

海平線已經染成藍色，天空即將破曉。

牙城遍體鱗傷。愛穿的皮夾克破得像爛布，被血漬沾得又黑又紅。或許是失血過多所致，他覺得很冷，但他仍然活著。

牙城又活了下來。眾多同伴死去，唯有他活著。

「——看來你恢復意識了。」

躺在堅硬岩地的牙城頭上傳來了關切之語——有些咬字不清的女性嗓音。

牙城想將頭轉到聲音傳來的方向，因而低聲發出呻吟。

光是動個指頭，全身就一陣劇痛，身體似乎到處都出了毛病。即使如此，他仍硬撐起上半身，親眼確認嗓音的主人模樣。

那是個穿著鑲滿荷葉邊的豪華禮服，身材嬌小的東洋人。有副瓷偶般的標緻容貌，還留了長髮。明明大清早的，她卻打著陽傘。

與其說年輕，那張臉更應該形容成「幼嫩」。然而從她的氣質卻能感受到一股奇特的威嚴及領導魅力，恐怕年紀和外表並不相符。

「——你還不要動比較好，左手已經骨折了。基本上，對付『死皇弟』還能只受這點傷並且生還，看來你的好運名不虛傳啊，『冥府歸人』曉牙城。」

對方提起那個讓牙城生恨的頭銜，使他不滿地咂嘴。

總是從許許多多危險的遺跡獨自生還——這就是「冥府歸人」這個渾號的由來。藉這種形式成名並不令人愉快，但既然是事實，牙城自己也無話可說。

「那套服裝……這樣啊，妳就是南宮那月，專殺魔族的『空隙魔女』？」

牙城抱著還以顏色的心態，也刻意叫了對方的外號。身穿禮服的嬌小少女卻只是嘲弄般低聲呵呵笑了。然後，她略顯悲傷地垂下視線。

「我受了戰王領域的『蛇夫』委託，正在追捕黑死皇派的殘黨。抱歉，要是我早點趕到就不至於造成這麼大的傷亡。」

「不……畢竟這座遺跡用結界做了魔法方面的隱蔽措施，妳找不到也是當然。」

牙城說著無力地搖頭。發掘調查「妖精之棺」是「戰王領域」和日本政府間僅有少數人知道的極機密計畫，他怪不了那月和其他援手。

「調查團有二十三名生存者——算起來地上的工作人員大約有一半順利避難了。多虧有你拖住『死皇弟』爭取時間。」

那月報告得淡然，像是要為落魄的牙城打氣。

牙城隨意聳了聳肩，將視線轉向遺跡原本的方位。

地下墳墓因巨大魔力衝突而崩陷，如今已經不留原樣，要修復內部幾乎無望。

「卡爾雅納小姐呢？」

「你是問卡爾雅納伯的女兒嗎……很遺憾——」

「這樣啊。」

牙城短短嘆息。在營地結界消失時就能料到莉亞娜的死了。她保護的古城和凪沙大概也無法得救吧。

「受了妳許多照顧，謝啦，那月美眉。」

牙城語氣平板地說完，然後帶著空虛的笑容站了起來。

「別叫我『美眉』，曉牙城。況且你沒道理向我答謝。」

「——打倒哈薩洛夫的，不是妳嗎？」

牙城困惑似的反問。

眼裡不帶感情的那月靜靜搖頭。

「我是在一切都結束以後才進入遺跡的。除掉『死皇弟』的並不是我。」

「既然如此，那會是誰？難道他是和卡爾雅納小姐同歸於盡……？」

牙城說到一半便渾身戰慄。

莉亞娜和「死皇弟」葛蘭·哈薩洛夫交手後就死了，但除了身為吸血鬼貴族的她以外，沒人能擊斃哈薩洛夫。唯有一種可能不在此限——

「我所做的，只是將活埋在地下的孩子們帶出來罷了。」

那月轉著陽傘，露出挑釁的微笑。

「妳說……孩子們……？」

「第十二號『焰光夜伯』——似乎被你們取名成奧蘿菈·弗洛雷斯緹納啊。」

「睡美人……醒過來了嗎……！」

牙城放聲追問。誰知道——那月貌似愉快地笑了。

「並沒有十二號（奧蘿菈）覺醒的證據，誰除掉了『死皇弟』依舊不明。至少目前是如此。」

那月兜著圈子說。那表示她正確理解這個情況的危險性。第十二號「焰光夜伯」醒覺——她明白那代表著什麼意義。

「曉凪沙還活著，但受了重傷。現在正在安排準備將她空運到羅馬的醫院。」

那月說著便指向火災過後剩下的營地一角。那裡有「魔族特區」的醫療團隊正在臨時搭起的帳篷下治療傷患。

身穿巫女裝束的東洋少女像屍體一樣躺在半透明的醫療艙內。他們大概是放棄在現場進行治療，而是打算將她在假死狀態下運送至國外醫院吧。

「古城怎麼樣了？他應該和凪沙在一起！」

將營地看了一圈的牙城問道。在接受治療的傷患當中，就是看不到他兒子的身影。

「那個少年毫髮無傷喔，現在只是睡著了。」

神情有一絲危險的那月巧笑倩兮地眯了眼睛。牙城渾身頓失血色。

「毫髮無傷？」

「沒錯。儘管他被掃射過，全身大部分包括肺和心臟都留有曾被轟爛的痕跡。」

「妳說……什麼？」

「——第十二號『焰光夜伯』和曉家兄妹，這三個人要交給遠東的『魔族特區』照料，我也讓戰王領域接受了這項條件。你沒意見吧，曉牙城？」

「遠東的『魔族特區』……？絃神島嗎……！」

牙城總算領會了那月的用意，口裡發出驚呼。紘神島是浮在太平洋上的人工島，由日本政府管轄的特別行政區，而且也是「空隙魔女」南宮那月的根據地。

只要將人帶到遠離歐洲的紘神島，「戰王領域」和其他真祖的「夜之帝國」也就無法輕舉妄動，無論是對第十二號或曉兄妹都一樣——

「效率很好嘛，『空隙魔女』——」

牙城嫌惡地嘀咕。南宮那月一臉得意地呵呵笑了。

「這事和『聖殲』有關，我自然也會蠻橫一些。對你來說倒也不算壞事吧？有什麼不滿嗎？曉牙城？」

「……不，順妳的意是不太舒坦，但似乎也沒其他選項了。」

牙城帶著疲倦的語氣說完，撿起了燒焦的軟呢帽。然後轉身背對那月。

「你打算去哪？」

那月輕輕挑起眉毛問。牙城頭也不回，懶散地揮了揮骨折的左手。

「……這樣下去我也沒臉見那些小鬼頭。妳似乎信得過，不好意思，麻煩妳再多照顧他們一陣子吧。」

「你打算去找拯救孩子的方法？」

那月的質疑讓牙城停下腳步，自嘲似的僵著臉笑了。

「調查是我的強項……畢竟我是學者。」

牙城拖著搖搖晃晃的身子再度邁出腳步。

那月也無意攔他。

不久後，男子就在耀眼陽光下消失了身影。

風夾帶著硝煙氣味，吹過了千瘡百孔的岩地。

那就是第十二號「焰光夜伯」和年幼兄妹的初次邂逅——

同時也是新悲劇的前奏。

第二章 假面真祖

Shadow Of Another Kaleido-Blood

1

狹窄巷道裡瀰漫著鏽鐵和海潮味。

建築物雜亂擁擠得像廢墟一樣的街景。大樓牆壁龜裂，連內部鋼筋都四處裸露可見。鐵捲門上滿是難看的塗鴉，要找沒破的玻璃還比較困難。

這樣骯髒的街區卻有大批追求頹廢享受的醉客，顯得熱鬧喧囂。

來找女人的男客以及把他們當目標的街娼；沉溺於酒和非法藥品的重度上癮者；還有敏銳地聞到血、暴力、金錢的氣味才聚集過來的眾多邊緣人——

在最先進的學術都市「魔族特區」裡，並不該存在這樣的異類街區。

以某個層面而言，這或許也是理所當然的結果。

那塊街區的名稱是紘神島二十七號廢棄區。出了不測的事故，在過去沉入海中的人工島舊東南地區的舊址——地圖中也已經刪除的「抹消區塊」。

有個男子正走過這樣下流雜亂的「抹消區塊」巷道。

那是一名高挑俊美的青年。

他穿的並非平時最愛的白色大衣，而是黑皮革料子的騎士外套，從這塊街區的氣氛來看，倒沒有那麼突兀。即使如此，青年的模樣仍十分醒目，那頭純金髮與端正的五官——還有他的一舉一動流露出的優雅高貴，好比眾多石子裡混了一枚金幣，吸引著人們的目光。

「等等，老兄。」

踏進街區不到幾分鐘，青年就被一群暴力的男子圍住了。街區居民排除異類的本能變成了針對青年的露骨敵意。

「你來這裡做什麼？和媽媽吵架離家出走了嗎？」

像是要堵住青年的去路，從他背後也傳來了說話聲。回神一看，包圍他的街區居民已經增加到近十人。

不過青年並沒放在心上，只是貌似厭煩地瞥了那些人一眼。

居民紛紛後退，彷彿折服於他沉靜的目光。

青年若無其事地再度踏出腳步，居民們則默默目送他。

不久，青年的身影消失，人們同時大大地呼了一口氣。

正因為他們是缺乏理性的暴力人種，才會憑本能察知。

他們知道金髮青年若是有意，就能在瞬間殲滅自己這群人。

而他們能夠活下來，不過是青年一時興起的施捨罷了。

青年前往的是一間骯髒酒館。

那並非熱門的店鋪，利用廢棄大樓營業的店裡，客人寥寥無幾。

店裡飄散的異臭是用南美自然生長的仙人掌當主原料的毒品氣味。普通人要是攝取了那種強烈的迷幻藥，只要微量就會毒發身亡，對具備抗藥性的魔族也十足有效果。

吧檯裡有看似店主的調酒師在。

他的身高超過三公尺，肌肉也長得和常人明顯有異。

那是名為「基迦」的稀有魔族——在「魔族特區」或夜之帝國也鮮少看見的巨人種族。

「你是生面孔。」

店主用了有如低音樂器的粗嗓音朝青年搭話，感覺他的言外之意是「滾」。

然而青年卻不以為意地走向店主，然後在吧檯上擱了一疊鈔票。那是恐怕能輕鬆超過這間店半年盈收的金額。

「聽說這一帶藏了一個年輕的女吸血鬼，可不可以幫我引見？」

金髮青年靜靜問道。

那嗓音散發著優雅氣質，還帶了種挖苦的調調。

「沒聽過那種事啊。」

店主收下整疊鈔票，卻又不近人情地搖頭。

呵——青年微微笑了，從他唇縫間微微露出的是銳利獠牙。

猛一回神，在店裡喝酒的兩人組已經走過來吧檯將他左右包抄。他們的身高和店主一樣超過三公尺，體重恐怕直逼四百公斤，宛如肌肉構成的牆壁給人強烈的威迫感。

「——你滾吧。這家店被巨人族包下了。」

其中一名巨人用恫嚇般的語氣開口。青年卻對那句警告充耳不聞，沒當一回事。

「是小費給得不夠嗎？這樣如何？」

青年說著又將十幾枚稱為北帝克羅納的硬幣擺到吧檯上，金額換算成日圓可超過十萬。北海帝國領內用的這種銀幣施有防止偽造的特殊術式，在犯罪組織的交易中用得特別多。

店主忍不住想伸出手，大吼著打斷的卻是那兩個客人。

「居然不把我們放在眼裡，你可真有種，小伙子。」

「或者你以為待在特區，巨人族就會乖乖聽話？」

右邊的巨人揪住青年胸口，打算直接舉起他。

青年的體重恐怕還不到巨人的兩成，可是他的臉色不顯驚慌。青年反而用單手制住巨人的手臂，瞧了瞧巨人們戴著的手鐲。

人工島管理公社配發的魔族登錄證——那是被登錄為市民的魔族身分證，同時也是監視他們的枷鎖。只要魔族在紘神市內引發暴力案件，資訊就會立刻傳到特區警備隊。

儘管巨人們情緒激昂，魔族登錄證卻沒有反應。

「哦，魔族登錄證的連線結構已經失效啦？」

金髮青年說著朝周圍悠然望了一圈。

看來在這處「抹消區塊」中有訊號死角，魔族登錄證會收不到訊號。換句話說，就算魔族在這街區動用暴力也沒有人會發現。

哪怕結果將導致他人死亡——

「雖然這是一塊不應該存在的街區，要是被人發現有這種地方，麻煩可就大了呢。」

「明白的話就立刻給我消失。或者你想直接被勒死？」

「……你們在焦急個什麼勁呢？」

「什麼！」

青年含笑的嗓音讓兩名巨人表情頓時凍結。

理應揪著他胸口的巨人手臂被輕易扯開了。感覺青年並沒有用上多大力氣，可是骨頭吱嘎作響、比輸力氣的卻是巨人族。

金髮青年的眼睛染成深紅，伸出的獠牙像刀刃般發亮。

「吸血鬼？不過，這股力量……！」

結果巨人被徹底推開，腳步不穩地後退了。

這時候，站在左邊的巨人已趁機從背後抽出武器。對巨人族而言那只是匕首，但由普通人來看，那刀身和大劍並無不同。

「你是……迪米特列．瓦特拉！『戰王領域』的戰鬥狂（Battle Mania）——！」

「知道我的身分還拔刀相向？原來如此，你們並不是單純的混混。」

金髮青年——瓦特拉仰望著手持巨大匕首的巨人，貌似愉快地微笑。

而他高眺的身軀卻忽然搖晃不穩。

建築物裡的混凝土地板只有他站的周圍一帶正逐漸凹陷變形。

大概是氣壓急遽改變導致店內的空氣凝重且軋然出聲，這變化不久就讓大樓牆壁和樑柱也出現無數裂痕。

「能操控精靈之力的巨人族武器嗎——基迦會自稱亞神的後裔，果真不簡單。」

瓦特拉承受著侵襲全身的驚人重壓，不以為意地嘀咕。

巨人族的武器並非只有支撐巨軀的肌力。或許是適應了荒涼沙漠、山岳地帶等嚴酷環境才換來的代價，他們的肉體和精靈的配合度極高，換言之，有許多巨人族都是天生的精靈召喚士。

而且巨人自古以來更是長於採礦、金屬加工和冶鍊的種族。

他們打造的武器能借助精靈之力，引發凌駕高階魔法的種種異變。阿爾迪基亞的擬造聖劍（匠英系統）也是參考巨人族武器發明出來的。

巨人族男子對瓦特拉所用的短劍也是那種魔具之一。操控重力的凶惡魔劍。百倍重力在瓦特拉本身的肉體上加了數噸的負擔，讓十公分的落差變成從高度十公尺落下的衝擊。

而且那股超重力的影響範圍僅限身為攻擊目標的瓦特拉所站之處，兩名巨人都能不受魔劍影響並對他發動攻擊。

能承受超重力負擔的瓦特拉確實有一手，但他現在不可能躲過攻擊——

就在巨人們篤定自己會取勝的下一刻……

「……咕……啊！」

彷彿被巨大鐵鎚痛毆的衝擊將兩名巨人打飛了。

瓦特拉連眷獸都還沒召喚，他只是將壓抑在體內的魔力一口氣解放開來。然而，這股爆發性威力輕易讓重力攻擊失效，將巨人打垮了。何止如此，老舊的酒館外牆更被炸碎，崩落的天花板碎塊都堆在店裡。

「唔……你這條瘋狗……」

渾身是血倒在右側的巨人恨恨地咒罵，然後失去了意識。左側的巨人傷勢更重，那是他為了盡可能抵擋瓦特拉反擊，將魔劍使用到最後一刻所造成的反作用力。

滿天塵屑下，只有瓦特拉毫髮無傷地站著。

還有另一個人——酒館店主正呆若木雞地杵在吧檯內。

瓦特拉看似滿足地瞥了到最後都沒喪失戰意的兩名巨人，然後——

「好啦，讓我繼續發問吧——」

他用足以令人凍結的深紅目光冷酷地對著發抖的店主笑了。

她佇立在瀕臨倒毀的大樓屋頂。

那是個戴著白色兜帽的外國少女，修長的腿白皙剔透。一動都不動地望著海的那副模樣，看上去也像一尊美麗虛幻的玻璃雕像。

少女腳邊的整片海洋反射著月光，宛如夜空。

而幽暗透明的海底有廣闊廢墟沉沒其中。

她獨自凝望著那座水底的城市。

「——那是人工島的舊東南地區，半年前沉沒的悲劇之城。」

朝少女開口的，是沿著半毀樓梯走上來的瓦特拉。

做作的語氣一如往常，字字句句間卻蘊含冰冷的殺意。

瓦特拉會動怒，並不是因為尋找少女下落時多費了手腳。

而是少女站在廢墟上頭這件事讓他感到不快。

人工島的舊東南地區——這座廢墟是刻劃著無數意念的聖地、某群少女的墓碑，並非無關的外人可以涉足的場所。

「你果然來了，迪米特列．瓦特拉……」

戴著白兜帽的少女卻頭也不回地開口嘀咕。

瓦特拉的嘴邊露出笑意。少女知道他會來，這就表示少女也有覺悟與他一戰。

「妳是什麼人？從什麼時候開始潛伏在絃神島？在這裡調查什麼？」

瓦特拉平靜地詢問少女。

她並非正規的絃神市市民，而是非法滯留的未登錄魔族。然而另一方面，她卻知道「抹消區塊」以及沉在海底的人工島舊東南地區，對絃神島的事情了解得太多了。

而且還有協助者願意賭上性命，幫忙隱匿她的行蹤。很難想像自尊心強的巨人種族會對單純一名吸血鬼少女發誓效忠。

「別管我。」

少女隨口撇開瓦特拉的質疑。

「今晚的我心胸寬闊，特別放你一馬。從這裡消失吧，蛇夫。」

「不錯呢。妳很能取悅我——從船上溜出來算值得了！」

瓦特拉喜形於色。從他背後幽幽浮現的是巨大眷獸的身影。既然對方同樣是吸血鬼，他就沒有理由吝於使用眷獸。

「哦，不聽我的忠告嗎？也好。」

少女將斗篷下襬一翻，緩緩轉身。

那事情就好談了——瓦特拉笑著表示。少女似乎打算和他硬碰硬，對身為戰鬥狂的他來說是求之不得的好事。最糟的情況，只要「吞噬」她再取出情報就行了。

「——『難陀』！『跋難陀』！」

瓦特拉喚出兩匹眷獸。藉著讓它們融合就能創造出魔力提升數倍的新眷獸——灼熱火焰環繞於身的灰色鋼龍。匹敵真祖的龐大魔力搖撼廢棄的人工大地，令周圍海面浪濤洶湧。

「哦……！」

少女發出感嘆。瓦特拉從一開始就用上融合眷獸的理由有二。一是為了展現壓倒性的力量差距，剝奪對手戰意；另一個理由則是要忠實躬行在未知敵人力量時，要以最強攻勢應戰的基本戰術。

縱使對手是個美得虛幻的少女，瓦特拉也絕不會小看敵人——

而就結論來說，救了瓦特拉一命的正是他這種單純的鬥志。

「那就是傳聞中的融合眷獸？威力確實驚人。」

融合眷獸的攻勢撲向少女——瞬時間，少女舉起右手將眷獸的攻擊輕鬆擋開。融合眷獸受到和本身攻擊同等的衝擊，因而消滅。

「唔！」

衝突的餘波使瓦特拉驚呼。

無法維持具現化的融合眷獸雙雙分離後，直接回到異界了。

少女並沒有防禦瓦特拉的攻擊。剛好相反，衝突的瞬間她放出驚人魔力，瓦特拉的眷獸勉強能互相抵消。即使憑融合眷獸的威力，也只能單方面承受少女的攻擊。

「怎麼可能……妳是……」

「驚訝什麼？我身為世界最強吸血鬼，能防禦你的攻擊有何好意外的？」

少女回望動搖的瓦特拉，貌似愉快地說了。

爆風掀開兜帽，使她露出真面目。

她是個有著妖精般美貌的十四、五歲少女。及腰的金色長髮反射著光線，色澤透有虹彩，而且她的大眼睛裡火一般散發著輝芒。

「怎麼？蛇夫？難不成你忘了我的臉？或者理應沒命的我出現在此有那麼讓你不解？」

「焰光之瞳……奧蘿菈・弗洛雷斯緹納……！」

瓦特拉咬牙切齒。從他全身散發出來的是濃密度遠超過之前的破壞性魔力洪流。

同時召喚出的三匹巨蛇逐漸轉變成長有四肢的金龍，光是龍身散發的瘴氣就能令大氣帶有毒性，四周草木因而凋落枯死變成黑褐色。

「三獸融合嗎……有意思。」

呵——少女微微呼了氣，無邪地笑得像個孩子。

「只看到我的模樣就火冒三丈——你也有可愛之處嘛，瓦特拉小弟。」

「——妳都當著我的面亮出那副模樣了，我也沒必要手下留情吧。抱歉，妳得付出相當的代價。」

瓦特拉用排除一切感情的冷酷語氣宣告。

前任第四真祖——奧蘿菈．弗洛雷斯緹納不可能在他面前出現。

這並不是因為曉古城已經繼承了第四真祖的力量。

奧蘿菈早就不存在了。她有無法存在的理由。

然而對瓦特拉來說，那同樣只是旁支末節。

眼前的少女是不是正牌的奧蘿菈．弗洛雷斯緹納，根本無所謂。

如果她是真正的第四真祖，應該就能承受瓦特拉的攻擊；如果她是假貨就會死在這裡。

道理就這麼簡單。

在心思混亂間，瓦特拉毫不遲疑地做了如此冷酷的判斷。

「嗯。」

少女笑著露出銳利獠牙，像是對瓦特拉表示讚賞。

瓦特拉率著融合眷獸對她展開突擊。

吸血鬼貴族的超凡魔力正圍繞於瓦特拉的周身。以往他弒殺身分高於自己的幾位「長老」，其事蹟並非虛傳。大概也只有正牌的真祖才能攔阻現在的他了。

只有君臨夜之帝國寶座的三位真祖，或者連存在與否都無定論的第四位真祖——

「蛇夫，決定優先除掉你果然是對的。」

而擁有焰光之瞳的少女愉快地謎著眼喃喃自語。

下個瞬間，瓦特拉看見的是她飛速離去的身影。

不對。離去的並非少女，是瓦特拉和他的眷獸被切離原本所屬的世界了。被黑暗包覆的視野什麼也看不見，連聲音、氣味，甚至重力都已消失，到最後瓦特拉連自己的存在也無法知覺了。

「……操控空間……不對，這空間本身就是眷獸嗎！」

瓦特拉能掌握自己所處的狀況要歸功於他龐大的戰鬥經驗。在發動攻勢前，他反而先受了少女的攻擊。

以空間本身為實體的眷獸——

具備無限延展性的黑暗世界。如今那個世界本身就是少女的武器。

強如瓦特拉也不得不感到戰慄。倘若有人能操縱那樣的眷獸，除真祖以外絕無可能。

「我不會連你的命都奪走。在事情辦完以前，你就在這裡旁觀一陣子吧。」

被囚禁於黑暗的瓦特拉腦裡直接傳來少女的說話聲。帶著苦笑的語氣中感覺不到敵意。

「我懂了，妳——不對，閣下一開始的目的就是如此。為了將古城從『戰王領域』的監視切離開來——」

瓦特拉語帶嘆息。平時的他絕不會露出這種帶有嘔氣味道的表情。

「別怪我，迪米特列．瓦特拉。我明白你執著於第四真祖的理由。不過，對那個少年有興趣的，並不只有『遺忘戰王』。」

少女忽然換了語氣，聲音聽來愉快，卻又帶著一股真摯。

瓦特拉飄浮在廣闊的黑暗裡，冷冷地忠告：

「這筆人情債可大了——」

「我會記著的，迪米特列．瓦特拉——我懷念的盟友。」

少女用逗弄人的口氣說完以後，動靜逐漸遠去。

黑暗中獨留吸血鬼貴族。

2

十一月也快要結束的星期四——

月曆上是晚秋，但位於亞熱帶的絃神島今天依然灑落強烈陽光。

這天早上，曉家玄關的門鈴聲打斷了世界最強吸血鬼曉古城的安眠。帶著輕快調調的電子音效不肯罷休地在家中響了好幾遍。

古城試著蓋上棉被裝做沒聽見，不過也實在到了極限。

他慢吞吞地起身，朝床邊的鬧鐘伸出手。

「有客人嗎……？」

隔著窗簾照進來的陽光灼燒著古城毫無防備的皮膚。儘管算不上傷害，還是有股搔癢的不適感。腦袋彷彿上了一層膜，恍惚間沒辦法運作。古城現在這副吸血鬼化的肉體，最無奈的就是難起床。

「誰啊？平日這麼大清早的就來按門鈴……以為現在幾點……」

古城恨恨地嘀咕著看了鬧鐘。隨後他嘴裡冒出的是連自己都克制不住的傻愣驚呼。

「唔喔喔喔喔喔喔喔喔！」

時針顯示的時間離平時的起床時間晚了一個小時，時針和分針呈現的角度令人難以置信。這樣下去鐵定會遲到，就算現在立刻出門也不確定是否來得及——

「姬……姬柊嗎！」

古城連忙跳下床，拿起門鈴的對講器。

『早安，學長。』

玄關擴音孔傳來了感覺正經八百的少女嗓音。那是彩海學園國中部三年級的姬柊雪菜——獅子王機關派來監視古城的少女問候聲。

雪菜語氣平靜，和慌得不得了的古城成對比。身為國家公認的跟蹤狂，她平時都用神祕咒術監視古城的行動。古城睡過頭這件事，她也從一開始就知道了。八成是等古城等得快遲到卻還不見他起床，才讓雪菜卯起來猛按門鈴。

「抱歉，我睡過頭了。我現在就準備出門，妳先去學校吧。」

古城姑且試著向在玄關前等待的雪菜提議。沒必要讓身為模範生的她陪自己一起遲到吧？這是古城對她的一種體貼，不過——

『不，我會等學長。』

雪菜淡然表示。

「可是姬柊，這樣說不定連妳也會遲到耶——」

『你是不是打算翹掉第一節課，學長？』

古城被雪菜一語中的，頓時語塞。與其現在急急忙忙準備出門卻落得遲到的下場，古城倒覺得從一開始就看開遲到這件事，然後悠悠哉哉地上學造成的損失應該比較小——

『請學長盡快做準備，我會一直等到你出門。』

聽雪菜不容分說地斷言，古城就放棄抵抗了。或許是他自己的心理作用，雪菜最近的言行似乎比跟蹤狂更上一層樓，感覺有點恐怖。

古城擱下門鈴對講器以後，直接走向妹妹的房間。平時都是她負責把睡過頭的古城挖起床，她自己會睡過頭倒是頗為稀奇。

「凪沙，我要進去嘍！」

古城故意粗魯地敲門，並且打開妹妹的房間。

井然有序的房間很合乎她那整理狂的性子。在牆邊的床上睡得肚臍從睡衣底下露出來的曉凪沙抬起頭。

「嗯……古城哥……怎麼了？作惡夢了嗎？」

「天亮了，快起床。」

古城聲音平板地告訴揉著眼發問的凪沙。

「咦？」

凪沙翻了一百八十度，仰望掛在牆上的液晶時鐘。於是，她忽地猛然睜開眼說：

「哇，不會吧？為什麼你沒有早點叫醒我！」

「我也剛起床啦。快點換衣服，要遲到了。」

「對……對喔。就是啊！」

發出尖叫的凪沙手忙腳亂地滾下床。她甩亂一頭睡得變形的長髮，跑去拿掛在衣架上的制服。

另一方面，在古城悠閒地想著今天沒早餐吃，正打算走回房間時——

「啊，對了。姬柊在外面等。」

「呀啊啊啊！」

做哥哥的在離開妹妹房間前忽然回頭，讓凪沙大聲叫了出來。

猛一看，凪沙的睡褲正脫到一半。大概是快遲到造成的焦急，她在古城離開房間前就開始換衣服了。

慌亂之間腳踝被睡褲絆到的凪沙想回頭，一個不穩便撲倒在地上。從古城站的位置正好能把露出來的內褲看個精光。

「欸，看什麼啦！古城哥很色耶！」

凪沙捂著撞到床的額頭，叫嚷得更大聲了。

為什麼怪到我頭上——古城想著忍不住瞪眼回嘴：

「是我的錯喔？還不是妳在門關好以前就自己先脫衣服——」

「煩死了！反正你快出去啦！」

古城被重新站穩的凪沙拿布娃娃砸，離開了妹妹的房間。

結果古城看見彩海學園的校舍，是在快開始上課以前。

通學路上還能看見零星的學生止要去學校。古城一行人判斷已經避免遲到的下場，就放慢趕路的速度。

「看來……勉強趕上了呢。」

凪沙上氣不接下氣地說。即使好動如她，剛起床就全力衝刺似乎還是吃不消。平時束起來的頭髮在今天更是放著沒綁，讓她頻頻在意睡覺壓壞的髮型。

「不過好稀奇耶，妳居然會睡過頭。」

背著黑色吉他盒的雪菜一臉從容得和凪沙互成對比。明明跑了相同距離，她的呼吸卻沒有一絲紊亂。對於在獅子王機關被鍛鍊成劍巫的雪菜來說，這點程度恐怕連運動都算不上。

基本上，如果讓隱瞞自己真面目的古城發表意見，他倒希望負責監視的雪菜也能表現得更像普通國中女生一點——

「我好像在按掉鬧鐘以後不小心又睡了回籠覺。平常很少會這樣就是了。妳想嘛，這就好比猴子也會從樹上摔下來啊——等一下，誰是猴子啊！啊，順帶一提，據說猴子和類人猿的區分方式是猴子有尾巴，而類人猿沒有。還有類人猿中會游泳的只有人類，這是小知識。另外——」

「好了啦，凪沙，姬柊都聽得一愣一愣了。話說妳吵死了。」

古城輕輕敲了自顧自的耍笨兼吐槽的妹妹頭頂，要她安靜。做為妹妹算相對懂事的凪沙，為數不多的缺點之一就是聒噪。看來她已經從睡過頭的打擊恢復過來，變回平時的調調了。倒不如說，她的情緒比平時還亢奮。

「對了，快放寒假了耶。」

凪沙莫名仰望天空，忽然換了話題。雖然在一年四季都是夏天的絃神島不太能體會到季節感，但是十一月也接近尾聲了，再不到一個月就會放寒假。

「說的也是……提到這個，姬柊妳過年要怎麼辦？」

古城莫名不安地試著問雪菜。難不成，獅子王機關會讓雪菜在年末年初都繼續監視他？

「學長是問新年嗎？」

「呃……簡單說，就是問妳會不會回到喵咪老師身邊的意思啦。」

「不會。目前我並沒有什麼打算。」

雪菜說著抬頭望向古城。照這種反應來看，她在寒假期間果然也會繼續執行監視古城的任務。另外，喵咪老師是擔任雪菜師父的魔法師名字，雖然這是古城擅自取的稱呼。

「學長你們預定怎麼過呢？」

「這個嘛……如果公社發許可下來，我想去探望好久沒見的奶奶。」

古城這麼嘀咕完，凪沙就「哇」地出聲贊同。

「我想去我想去，畢竟有四年沒見到奶奶了。不知道她過得好不好。」

雪菜看到凪沙嘀咕得一臉懷念的模樣，納悶地歪了頭。

「學長你們的奶奶是住在……？」

「啊，她在丹澤山中的一間小神社做類似神職者的工作。」

「神職……嗎？」

雪菜有些訝異地眨了眼睛。古城半帶苦笑地皺著臉說：

「奶奶很疼凪沙，不過她是性情挺激烈的老人家……惹她生氣會很恐怖，而且聽說她以前還當過地下攻魔師。」

「咦……？」

雪菜僵著臉停了下來，古城也跟著停下腳步，結果凪沙直接撞上了他的背。凪沙走路時大概在發呆，似乎沒有發現古城停住腳步。

「好痛！」

「妳搞什麼啊？」

「唔……誰叫古城哥要忽然停下來……！」

一屁股跌在地上的凪沙不滿地抬頭瞪了古城。大概是睡過頭帶來的霉運，今天凪沙似乎註定要到處跌倒。

古城一邊出手扶妹妹起來一邊問：

「……唔，感覺學校周圍鬧哄哄的，是怎麼回事啊？」

古城望著停在校門前的汽車，皺起眉頭。那是在絃神島並不常見的歐洲高級車，漆成黑色的防彈禮車。

「會不會……發生了什麼狀況？」

雪菜不安地細語。她的操心確實可以理解。會搭那種適合用於槍戰的車子來學校，感覺實在不像務正業的人。

「和我……應該沒關係吧。」

「是這樣就好了。」

古城和雪菜把臉貼近彼此，心有惶惶地嘀咕起來。無關於他們倆的擔憂，待在校園的學生們注意到從禮車下來的人影，鼓譟聲頓時傳開。

圍過去湊熱鬧的那些同學逐漸將禮車遮住了——

3

古城費了不少勁趕來上學，第一節課卻是自習。

起先沒有排在預定中的短期留學生一口氣來了七個，讓校方大感混亂，早上的教職員會議似乎也拖久了。校門口的防彈禮車就是接送那些留學生的座車，上學時排場如此隆重謹慎的留學生，在教室自然也成了話題。

「……深洋少女組？」

和雪菜她們分開的古城一到教室，就被那個聽來陌生的團體名稱弄迷糊了。

「就是最近在影音網站很紅的女歌手團體啊，你沒聽過嗎？她們是『戰王領域』出身的五人組。」

藍羽淺蔥拿出了愛用的粉紅色平板電腦，遞到古城面前。

畫面上顯示的是一群穿著可愛服裝的外國女性。

年紀大約從十幾歲到二十出頭。古城覺得自己似乎見過她們，卻想不起來是在哪裡。

「她們五個唱歌跳舞像外行人，不過感覺都是合日本人喜好的美少女吧，也常常被雜誌採訪喔。」

「順帶一提，我最推薦穿黃色的女生。」

明明沒有人問，擅自加入話題的矢瀨說著指了左邊最嬌小的少女，還順便用假音唱起輕快的流行電音，搭配機械舞步。歌聲滿那個的，不過舞步倒意外有模有樣。

古城對於矢瀨的意外才能頗佩服地說：

「嗯。這麼一想，最近好像到處都在播這首歌。」

「話說基樹，你模仿得太像了，好噁。」

「幹嘛損我！模仿得像又不是壞事！」

內心彷彿真的受創的矢瀨帶著淚眼抗議。實際上，看他模仿有點倒胃口就是了。

「所以，那個歌手團體為什麼會跑來彩海學園留學？」

古城望著平板電腦的螢幕，一臉納悶地問。

「不知道。應該是碰巧吧？」

淺蔥隨口回答。堅持繼續跳舞的矢瀨也點頭附和：

「我也覺得時期不太合，不過夜之帝國的學生來絃神島短期留學也不算稀奇嘛。碰巧這次來的是網路名人罷了。」

「哎，也對啦。」

古城一臉沒勁地嘆氣。即使說是名人，既然主要的活動領域在影音網站，基本上就屬於業餘人士吧，會普通地上學也不是多奇怪的事。畢竟只有「魔族特區」的教育機構才會收容來自「戰王領域」的留學生，選擇彩海學園留學以機率而言也是合理。

不過，那碼歸那碼，古城無意識感受到的這股不安究竟是什麼——

「啊，找到了找到了。古城大人——！」

彷彿要替古城的預感背書，有一群陌生的少女聲音開朗地湧進教室。她們是穿著彩海學園制服的外國五人組。

少女們感覺就像要好的姊妹，長相和髮色卻沒有一致感。她們的共通處只有全都長得格外漂亮這一點。那屬於天生具備高雅氣質的美。

「好久不見了，古城大人！」

「我……我一直都好想見您。」

五個少女看都不看其他同學，圍著古城殷勤地示好。古城愣著睜大眼睛，僵得就像一尊石像。

「深洋少女組……！」

班上有人低聲咕噥。這成了導火線，讓驚訝和嫉妒的鼓譟聲在教室裡傳開。

「咦？不會吧？是她們本人嗎？」

「糟糕，比想像得還可愛。」

「不過，她們怎麼和曉黏在一起……？」

「……又是古城那傢伙嗎！」

「…………」

古城暴露在同學們好奇的視線下，冷汗流個不停。

他總算想起這群所謂的「深洋少女組」是什麼人了。她們是「戰王領域」周遭鄰國的王族或重臣的女兒，為了換取祖國安寧才被送到迪米特列．瓦特拉身邊當「人質」。身為戰鬥狂的瓦特拉卻對人質和女人都興趣缺缺，她們似乎就被當成單純的客人來對待了。

不僅如此，瓦特拉還試圖把她們當成讓古城眷獸覺醒的餌；而她們也想將第四真祖之力當成下剋上的道具利用——因此古城非常不擅長應付她們。

「古城，你認識這些女生？」

淺蔥瞪著無措的古城，貌似不悅地問了。古城生硬地搖頭否認：

「呃……我和她們沒有熟到算認識的程度啦。」

實際的問題是，古城根本不懂她們為什麼會在這裡。她們不是在瓦特拉的遊船「深洋之墓二號」上過著不愁吃穿的優雅生活嗎？

「咦……古城大人好過分！」

五人組中帶頭的金髮少女說著就勾住了古城的胳臂。她恐怕已經二十歲左右，穿制服卻意外合適。不過現成品實在包不住那火辣的身材，普通制服被她穿得亂煽情反而是個問題。

一身迷人制服打扮的她悄悄將手繞向古城說：

「我們的關係，不是已經密切得一起洗過澡了嗎？」

「一……一起洗澡！」

淺蔥喊得聲音變調，教室裡沸沸揚揚。古城拚死命地搖頭說：

「不對！之前搭瓦特拉那艘船時，是這些傢伙擅自闖進浴室的啦！」

「騙人！那艘船的浴室不是我和你一起進去洗的嗎……！」

淺蔥也立刻回嘴。她疏忽的發言讓教室裡鬧得更大聲了。噢噢——矢瀨甚至發出感嘆的聲音。

「啊……！」

淺蔥看到童年玩伴那樣的反應，似乎才發現自己失言了。她面紅耳赤地驚呼，還用雙手抱著頭否認：

「不對啦！不是那樣！真是夠了，你們煩死了！」

淺蔥翻臉不認帳地叫罵，然後就洩憤般朝矢瀨的腦袋開扁。冷不防的一拳讓矢瀨無法反應，直接栽了個跟斗撞到牆角。

這段期間，深洋少女五人組依舊緊緊黏在古城旁邊，自習中的教室裡陷入一發不可收拾的狀況——

「那群女的只是為了打發無聊才跟我們一起來的。別陶醉了，曉古城。真是難看。」

殺氣騰騰的警告聲忽然響遍教室，讓混亂一口氣收斂下來。

「陶醉個頭！我是在傷腦筋！」

古城反射性一邊反駁一邊轉頭。站在教室入口的，是左手腕戴著魔族登錄證的銀髮留學生——令人聯想到冰冷刀械的俊美少年。

「等等，你……是瓦特拉船上的吸血鬼……！」

「我叫特畢亞斯．加坎，從今天起暫時就讀這所學校。」

自稱加坎的留學生說著，便恨恨瞪了自己穿在身上的制服。看來到古城的學校留學並非出於他的本意。

「留學……為什麼你們要這麼做……？」

古城愕然反問。特畢亞斯．加坎的外表年紀和古城差不多，但他是「舊世代」吸血鬼，實際年齡應該超過兩百歲。現在還要他扮成高中生，八成只是一種屈辱吧。

不過比起那些，和古城待在同一間教室這件事似乎才是他煩躁的主因。

「我倒是聽說，日本的學校相當講究上下關係。」

加坎貼到古城面前，語氣咄咄逼人。

他耀武揚威亮出來的，是象徵自己讀二年級的學徽。看來那是在主張自己學年比較高。

古城卻狠狠瞪了回去，額頭都快和加坎貼在一塊了。

「抱歉，這個島國很封閉保守。日本的傳統就是排擠新面孔啦，學長！」

「唔……要不是大人下了命令，誰要當你的護衛……！」

在極近距離下和古城互瞪的加坎不甘心地咬牙切齒。

咦——古城納悶地挑眉問：

「瓦特拉下令……？你說當我的護衛是什麼意思！」

「我才沒有義務向你說明，蠢蛋。」

「——特畢亞斯。」

聽來中性的柔柔嗓音溫和地制止了還在賭氣的加坎。

闖進一觸即發的古城和加坎之間的，是個擁有柔和美貌的吸血鬼貴族——吉拉．雷別戴夫．渥爾提茲拉瓦。灰色頭髮和翡翠色眼睛，身材以男生而言顯得嬌小，又有一副溫柔的外表。他披著一件連帽外套，大概是為了遮蔽陽光。外套底下的服裝果然也是彩海學園制服。

「吉拉？你該不會也轉來我們學校了……？」

「是的。請多指教。」

吉拉怯生生地伸出右手，回握那隻手的古城則感到有些頭痛。

古城聽說從「戰王領域」來的短期留學生總共有七個沒錯。既然深洋少女組那五個人只是擅自跟來的附屬品，就表示原本要轉來的留學生是加坎和吉拉兩個人吧。

「奧爾迪亞魯公有留言吩咐，萬一他不在了，我們就要來保護古城大人。」

吉拉將臉湊到古城耳邊，壓低聲音如此說明。

「留言？瓦特拉寫的？」

「就是這麼回事。你最好安安分分的別給我們惹麻煩。」

加坎口氣莫名高傲地撂話。火大的古城歪著嘴說：

「從你們出現在這裡開始，我的立場就已經變得很麻煩了——」

「對不起。」

被古城一挖苦，吉拉為難似的垂下長睫毛。

「啊，不。你不用道歉啦……可是，瓦特拉出什麼狀況了嗎？你們說那傢伙不在了，意思是——」

「我們也不清楚。只不過，奧爾迪亞魯公的善變並不是一天兩天的事。」

口氣不安的吉拉嘀咕，咬住了潤澤的唇。

加坎則踩著粗魯的步伐走回自己的教室，彷彿表示他該交代的都交代完了。深洋少女組那五個人也在不知不覺中消失人影。

「所以……你們兩個的手要握到什麼時候？」

淺蔥用白眼仰望一直握著手的吉拉和古城問。

「對……對喔。」

兩人不自覺地臉紅，連忙鬆開手。

淺蔥越顯不愉快地蹙起眉頭，然後嘆氣。

4

這時候，雪菜他們班正在上體育課。女生的項目是排球。基礎動作確認告一個段落以後，就一直悠哉地進行比賽形式的練習。

穿體育服的雪菜也加入同學當中，認真地比賽。

從敵陣呈拋物線飛來的發球被後衛的選手貼著地托起，球搖搖擺擺地往上飛，飛到了沒人守的網際。要是直接掉在界內就失分了吧──在所有人都這麼想的瞬間……

「唔……雪菜？」

「有！」

衝到球底下的雪菜輕輕蹬地躍起。二次進攻──嬌小身軀輕靈騰空，輕輕揮下的左手將球扣進了敵陣。

雪菜無聲無息地直接著地。待在對手場地的學生們都一臉不明白發生了什麼的表情，呆愣地望著滾在自家陣地的球。

「啊……」

雪菜看到她們的反應，有些沮喪地責怪自己又表現過頭了。被獅子王機關培育成劍巫的她，體能用不著靠咒術強化就已經遠遠超出同年齡女生的水準。假如是比田徑類的個人項目，要適當地放水倒還可以，比球技想留手就困難了。

「棒耶，雪菜！」

現役籃球社員辛蒂──進藤美波笑著朝杵在原地的雪菜搭話。或許因為她自己也擅長運動，即使看了雪菜神乎其技的身手，好像也不太訝異。

「呃，不過呢，我覺得妳運動神經好好喔。」

「是……是嗎？」

雪菜露出生硬笑容，將辛蒂的稱讚應付過去。辛蒂卻感到有趣似的望著雪菜說：

「從外表真是看不出來呢。妳明明一副天生少根筋又愛發呆的樣子。」

「少……少根筋？」

雪菜聽了這段出乎意料而令人無奈的形容，不禁大受打擊。她以為自己是個思路清楚的人，被朋友這樣評價自然掩飾不住動搖。

「喔，是凪沙。她也很靈活呢。」

雪菜她們的比賽結束，就輪到凪沙那一組上場。如辛蒂所說，凪沙在隨便湊成的隊伍中表現得相當漂亮。由於個子不高不適合當前衛，但她為隊伍救回了好幾球，有種小動物般的可愛之處。

「聽說凪沙以前在醫院住過一陣子就是了。」

雪菜屈膝坐在體育館牆邊，低聲問辛蒂。

辛蒂懷念似的微笑著說：

「嗯，對啊。一年級時她只上了一半左右的課，體育課也都在旁邊看而已。應該是去年秋天才變得像現在這樣活潑吧……參加啦啦隊也差不多是在那時候。」

「去年……秋天？」

雪菜抿唇沉默下來。劍巫的直覺正告訴她，有什麼地方不對勁。

聽說曉凪沙會來紘神島是因為發生過事故。在魔族相關事故中受了重傷的她，接受治療時很諷刺地必須利用「魔族特區」的技術。

實際上，凪沙應該是透過那些治療才康復的。徹底痊癒是在去年秋天。

而且那之後沒過多久，她哥哥曉古城就忽然得到了第四真祖的力量，得到世界最強吸血鬼的力量。要解釋成單純的巧合，事情未免也太不尋常了。

讓雪菜更煩惱的是，凪沙之前在「賢者(Wiseman)」事件中使用的那股力量。

有不明靈體附在凪沙身上。

一瞬間造出半徑數百公尺的冰塊，且擁有獨立意志的龐大魔力聚合體。

就雪菜所知，只有吸血鬼的眷獸有那種能耐，而且必須是「舊世代」當中的最強等級，或者真祖的眷獸才行——

她不明白凪沙為什麼能喚出那種東西。可是，假如凪沙真的會操縱眷獸，和古城獲得第四真祖之力應該不無關聯。

說不定之前是雪菜誤解了。

第四真祖的妹妹並非碰巧住進「魔族特區」的醫院。

假如正是因為她住院才讓古城變成第四真祖——

雪菜發現那所代表的恐怖可能性，陷入了全身結凍般的錯覺。

而且雪菜因此察覺得晚了——比賽中的同學們正看向雪菜她們叫嚷著。

有人托的球跑出場外，飛到坐在牆角的雪菜這邊，還有另一個女同學追著球衝了過來。她只顧著追球，沒注意到雪菜的存在。這樣下去會撞上。

「——雪菜，危險！」

凪沙從球場上大喊。在雪菜聽到聲音回神以前，身體就無意識地先動了。

她揮拳用手背擋掉飛來的球，然後轉身面對衝上來的女同學。要閃開很容易，但是那樣肯定會讓對方受傷，所以雪菜反而迎向前去。

她抓住衝過來的女同學手臂，順勢改變其向量，讓直線運動變成旋轉運動。女同學在雪菜面前輕輕浮起，垂直翻了一圈，然後用屈膝坐下的姿勢落地。

幾乎沒受到衝擊或振動。

女同學本人肯定也不知道自己身上發生了什麼事。

而剛才被擋掉的球落到了起身和女同學位置互換後的雪菜面前。雪菜若無其事地靜靜把球接住了。

「啊……」

雪菜察覺自己做的事，頓時臉色發青。體育館裡一片安靜，全班都注視著她。不過——大家並沒有像雪菜擔憂的那樣用害怕的眼神看她。

因為她剛才那一手實在太高超了。普通的女高中生連她做了什麼都無法理解。儘管不清楚狀況，總之沒人受傷就好，所有人就這樣同時開始鼓掌。

雪菜只能捧著球杵在原地紅了臉。

「妳剛才做了什麼啊？」

只有待在雪菜旁邊的辛蒂一臉訝異地提出疑問。

雪菜的額頭微微冒汗，眼神也變得閃爍。

「唔……呃，碰……碰巧的吧？」

「妳果然天生少根筋。」

辛蒂看到雪菜那種有趣的反應，噗嗤笑了出來。

但在隨後，辛蒂的臉色忽然發青。雪菜也察覺到這一點而屏住氣息。

比賽應該已經中斷的球場上，有人一聲不響地倒下了。

那是個將長髮紮得短短的、髮型特徵明顯的少女。她倒在球場上的模樣看起來比平時更嬌小。

「……凪沙！」

雪菜拋開手裡的球，朝凪沙跑了過去。

辛蒂也跟在後面。其他學生同樣發現狀況有異，遠遠地圍在凪沙旁邊看。在隔壁球場當裁判的體育老師笹崎岬也趕來了。

「欸，妳怎麼了？凪沙！凪沙——！」

即使辛蒂大聲呼喚，凪沙也沒有反應。方才還活蹦亂跳的她十分痛苦地喘息著。

「凪沙……怎麼會這樣，難道……」

雪菜茫然嘀咕。被她抱起來的凪沙全身相當冰冷，冷得簡直像摸到了屍體。而且雪菜在碰觸凪沙的瞬間，就明白她身體衰弱的原因了。

同時，雪菜也了解了藏在曉古城和曉凪沙這對兄妹間的祕密——

「居然……」

她沉痛的驚呼被同學們的鼓譟聲掩去。

持續沉睡的凪沙身體輕得嚇人，閉上眼的臉龐好似妖精。

5

接到聯絡的古城趕到ＭＡＲ研究所，是下午以後的事。

Magna Ataraxia Research公司——通稱ＭＡＲ，是根據地設在東亞的巨型企業，經手的產品從軍事武器到食品都含括在內，屬於全球屈指可數的魔導產業複合體。

而紘神島設有MAR的醫療研究所及附屬醫院，古城的母親——曉深森則在其中擔任研究主任。她同時也是愛女曉凪沙的主治醫生。

「——姬柊！凪沙呢？」

無所適從地坐在等候室角落的雪菜發現古城趕來，就生硬地當面點了頭。她似乎半勉強地用自己是鄰居當理由，硬陪著送醫的凪沙過來。

「我想她不要緊，只是意識沒有恢復，現在呼吸和脈搏都很正常。」

「這樣啊……」

繃緊的心弦發出斷裂聲，古城渾身鬆弛似的當場蹲了下來。他在電話裡也聽過凪沙沒事的情報，即使如此還是擔心得不得了。

戀妹情結——雪菜臉上寫著對古城的評語，小聲地嘻嘻笑著說：

「找凪沙的話，剛才伯母……深森小姐將她帶到醫療大樓了。因為外人不能進去，我才在這裡等，學長是家人應該就可以——」

「不，醫療大樓我也不能進去……哎，畢竟有專家在，我想不會有事。反正我陪在旁邊也幫不上忙。」

「話說回來，你們來了好多人耶。」

雪菜說著用狐疑的目光看向古城肩膀後頭。

「咦？」

古城也順著她的視線轉頭看背後，就傻呼嚕地「唔喔」叫了出來。一群穿著制服的人正好穿過等待室的自動門魚貫而入。

是淺蔥和矢瀨，還有「戰王領域」來的留學生二人組——

「為……為什麼連你們也在？」

古城瞪著怎麼想都扯不上關係的四個人大叫。學長之前都沒發現嗎——雪菜一臉傻眼地如此嘀咕。

「我……我也一樣擔心凪沙啊。」

表情有些尷尬的淺蔥別開視線說：

「還有，誰叫這些人也追在你後面——」

「我只是過來盡自己的職責，並沒有要探望你妹妹。」

被淺蔥推卸責任的加坎說得理直氣壯，一點也不愧疚。

吉拉在旁邊正色點頭說：

「是的。所以，請不要在意我們兩個。」

「當然會在意吧！」

怒罵的古城連這裡是醫院都忘了。儘管他們八成只是忠實遵守瓦特拉的吩咐才會跟過來保護古城——

「你們怎麼在留學第一天就翹課！還有，為什麼連矢瀨都來了！」

「呃，總覺得很有趣——不是啦，我也擔心凪沙啊。」

矢瀨用了顯然是來湊熱鬧的口氣，臉上又刻意露出認真的表情。受不了你——古城粗魯地咂嘴。

即使如此，古城之所以沒有強行將他們趕走，是因為他隱約了解淺蔥和矢瀨的真正心意。他們大概不是擔心凪沙，而是擔心古城才跟來的。

「對不起……我明明和凪沙在一起，卻沒有注意到她的身體狀況。」

雪菜坐在等候室的小小長椅上，垂頭喪氣地嘀咕。對於凪沙在眼前昏倒這一點，她似乎覺得自己有責任。

「要說的話，我才有錯吧。那傢伙睡過頭的時候，我就該懷疑是身體不舒服了。畢竟她身體虛弱也不是一天兩天的事。」

古城在雪菜旁邊坐了下來，疲倦地搔頭。

早上起不了床、上學時腳步搖搖晃晃……有好幾次機會能看出她不舒服。沒注意到那些是古城身為家人要負的責任。和平時多話的性子恰巧相反，凪沙很少示弱抱怨——古城明白這一點。

「難道凪沙受的傷……沒有完全好嗎？」

淺蔥關心地問了沮喪的古城。

嗯——古城帶著嘆息，虛弱地笑著說：

「對日常生活沒有影響就是了。醫生說需要定期檢查，而且她好像還在試用一些藥。」

「這樣啊……真是辛苦。」

「雖然在出院以後，她就很少昏倒了。」

古城望著醫院裡熟悉的景物咕噥。為了探望住院的凪沙，國中時期他來過這間等候室好幾次。

「學長，凪沙住院的原因是——」

雪菜用認真的目光對著古城，古城輕輕聳肩。這些都算個人隱私，不過隱瞞陪在旁邊的雪菜應該也沒有意義。

「四年前，在羅馬發生過由魔族主導的恐怖爆破攻擊吧？就是在列車上裝了炸彈的那個事件。」

「是的……」

雪菜莫名訝異地瞇起眼睛。古城只顧著繼續說下去：

「我和凪沙當時碰巧都在現場。雖然我們兩個幾乎沒有事件前後的記憶……不過，就是在那之後吧，凪沙變得很害怕魔族。我想大概是那時造成的恐懼還留在她心裡。」

「……這樣啊。」

雪菜嘀咕完就沉默了。她低頭沉思的臉讓古城微微感到不安。四年前那場恐怖攻擊是造成眾多死傷的大慘案，但早就過去了。犯人全遭到射殺，背後的組織也已經瓦解，雪菜現在再怎麼思考也不能改變什麼。那起事件和目前在這裡的古城等人早就毫無關聯——

「留在這裡也不是辦法，我們到餐廳吧。」

古城仰望等候室的時鐘提議。

由於一到午休就衝出學校的關係，古城他們都沒有用午餐。況且早餐也沒吃，冷靜一想肚子就強烈地餓了起來。他也覺得填飽肚皮說不定多少能讓心情撥雲見日，結果——

「咦？餐廳？」

嗓音格外開朗地出現反應的人，是淺蔥。

「你要請客嗎？ＭＡＲ的員工餐廳很有名耶，在紘神島的美食指南上也被當成隱藏的名店介紹過。」

「妳喔……」

古城回望眼睛發亮的淺蔥，並對自己的失言感到後悔。從苗條外表看不出來，但淺蔥可是個美食家兼大胃王，家庭餐廳的盤裝簡餐，她可以輕輕鬆鬆吃掉四、五人份。何況來到平時很少有機會光顧的隱藏名店，又是別人請客，淺蔥肯定會毫不手軟地卯起來點餐。

「好吧。反正是記在我媽帳上。」

古城認栽似的說。為了舒緩氣氛，淺蔥故意鬧得誇張點的可能性恐怕也不是沒有。

「哼，我沒意思和你混熟。我們要分開行動。」

加坎不領情地說。古城則懶散地托著腮幫子瞪他。

「隨你便，我本來就沒有邀你。」

「對不起，那我們先失陪了。」

吉拉一邊微笑得有些不捨一邊殷勤地低頭行禮。

「嗯，之後見。」

「好的。」

古城格外合拍地和吉拉打了招呼，並目送他離開。淺蔥卻像是莫名起了戒心，瞪著吉拉的背影。

「剛才那幾位，是『戰王領域』的貴族對不對？他們怎麼會和學長一起過來——？」

看起來同樣起疑的雪菜望著吉拉他們問。

古城露出彷彿隱瞞著什麼的表情，板著臉回答：

「那我也不太清楚。聽說是瓦特拉那傢伙留字條要他們當我的護衛，然後就不見了。」

「……奧爾迪亞魯公不見了？」

雪菜困惑似的咕噥。

也難怪她會困惑。迪米特列．瓦特拉是性情多變的吸血鬼，但也屬於行動好理解的男人。他的目的就是和強敵交手——如此而已。對壽命接近無限的吸血鬼貴族來說，和足以威脅自己性命的強敵一戰正是至高無上的消遣。

好戰的瓦特拉，據說瞞著部下消失了。

這種舉動並不像以戰鬥為樂的他，讓部下擔任古城的護衛更是令人費解至極。

畢竟古城身為世界最強吸血鬼第四真祖，動得了他的人可不好找。

如果出現那樣的強敵，會開開心心率先迎戰的不會是別人，正是瓦特拉自己。

「哎，雖然我本來就這麼覺得。姬柊，妳果然也認識瓦特拉先生吧？」

在旁邊聽古城他們對話的淺蔥露出挑釁的笑容盯著雪菜。

「既然有這個機會，差不多可以告訴我了吧？妳和古城是什麼關係？古城隱瞞著什麼？瓦特拉先生和古城真的沒有不可告人的關係吧？」

「——什麼叫不可告人的關係啦！」

古城忍不住吐槽打岔。淺蔥到現在好像還是無法割捨古城和瓦特拉有戀情的疑念。無法斷言那根本是誤會，倒也有點麻煩——

「我明白了。」

正面接下淺蔥那種視線的雪菜答應了。對於她意外的回答，古城訝異地說：

「唔……喂，姬柊……」

「不過，在那之前，能不能讓我拜託學姊一件事情？」

「來……來這招啊？」

也許淺蔥並沒想過雪菜會開條件，回應得有點膽怯。話雖如此，現在似乎也沒有退路了。她貌似認命地答應雪菜：

「可以呀，有什麼要求就直說。」

「那就拜託藍羽學姊了。我有事情想請妳調查。」

互瞪的雪菜和淺蔥之間莫名迸出看不見的火花，異樣凝重的氣氛開始瀰漫於等候室。古城懾於那股壓力，不由得冒出想逃離現場的衝動。結果——

「啊……抱歉。」

先發制人的矢瀨卻忽然後退開溜。

「矢……矢瀨？」

「不好意思，在你們談得正熱烈時打擾，我去一下廁所。肚子突然不太對勁。」

「這……這樣啊，那我也——」

古城也馬上準備起身想搭矢瀨的順風車。然而——

「你不能走，古城！」

「請學長留在這裡！」

被兩個女生駁回，古城心裡一驚停下動作。

「抱歉啦，古城。我先走一步！」

矢瀨匆匆忙忙地趁機離去，古城則無奈地嘆氣。

「所以，妳想要我查什麼？」

淺蔥拿出了愛用的筆記型電腦問雪菜。雖然從亮麗外表難以想像，但淺蔥的真面目是全球屈指可數的高明駭客「電子女帝」。只要她有意，連北美聯盟情報局的最機密檔案都能輕鬆讀取。

「我想了解四年前的那場事故。」

雪菜淡然告訴淺蔥。

「請查查看，學長和凪沙遭遇的恐怖攻擊事件是不是真的存在，還有學長他們是不是真的曾被捲入其中——」

6

「我無法接受。」

特畢亞斯．加坎不高興地撇下一句，離開了ＭＡＲ附屬醫院用地。他發火的矛頭當然是指著曉古城。

「——既沒氣質也沒威嚴和霸氣。那種人真的是第四真祖嗎？要我們當那種男人的護衛，大人一時興起的主意還真是令人傷腦筋。」

「雖然你們看起來意外合拍呢。」

吉拉用了像是變聲期前的少年嗓音笑著說。擺著苦瓜臉的加坎歪了嘴，賭氣似的立刻對他抗議：

「就算開玩笑也別那麼說，吉拉，會讓我反胃。」

「呵呵。」

吉拉一邊開朗地笑著一邊蹬地躍起。靠著魔族特有的誇張肌力，他一口氣跳到了蓋在旁邊的六層大樓樓頂。

「再說，現在也釐清大人命我們當護衛的理由了。」

「嗯，也對。」

加坎在吉拉旁邊落地，在強烈陽光下板著臉凝神看去。

他瞪著的方向有錯落林立的成群大樓。人工島北區的研究所街，留有濃厚人工島色彩，具未來感和機械感的街景。

大樓間最突出的灰色電波塔上，站著一個戴了白兜帽的少女。

她俯望著MAR的附屬醫院。

有如追尋獵物的狙擊手，少女監視著曉古城待的那個場所。

確認到那一幕的瞬間，加坎就解放了自己的眷獸。

「『妖擊之暴王（Irrlicht）』——！」

隨驚人魔力化作實體的是一匹籠罩著閃光的巨大猛禽，其實體為高達攝氏幾萬度的高密度魔焰。它變成了一道灼熱的閃光，瞬間飛過數百公尺遠並撲向少女所站之處。

以藍天為背景，無數的燦爛火花迸散四射，衝擊晚了一拍才到來。

加坎那匹眷獸催生的超高熱度連爆炸都沒有引發。宛如高手揮劍斬下，金屬鐵塔只是在一瞬間被熔斷罷了。受到那種攻擊波及，當然不可能有生物能存活下來。

恐怕，只有眼前的那個少女例外——

「真粗魯的歡迎方式。」

少女將兜帽下襬一甩，在鄰近的大樓上頭着地，面對加坎眷獸的攻擊依然毫髮無傷。她用那張妖精般的美麗臉孔看似愉快地笑著。

「該誇你不愧是瓦特拉的心腹嗎？特畢亞斯．加坎。」

「警告只有一回。下次我就會瞄準。」

加坎令召回的眷獸在頭上待命，並且直瞪著少女，對她知道自己姓名亦不顯動搖，態度倒像是覺得省了報上名號的工夫。

「我們知道妳在跟蹤第四真祖。能不能告訴我們理由？順便也報上姓名和所屬組織。」

吉拉移動到截斷少女退路的位置發問。瓦特拉命令他們擔任曉古城的護衛，代表他料到會有威脅第四真祖的敵人出現。

既然如此，敵人就不可能是眼前這名少女以外的人。受了眷獸攻擊還能笑得不以為意的她，確實是夠格讓吉拉他們來對付的強敵。

然而，少女忍俊不住地晃了晃肩膀。

「竟然說我在跟蹤第四真祖……看來你們什麼都不知道呢。瓦特拉沒告訴你們嗎？」

「……妳想說什麼？」

加坎殺氣騰騰地反問。少女的語氣就像是在調侃瓦特拉和他的信任關係，讓他覺得相當反感。

不過，少女彷彿嘲弄著憤慨的加坎，聲色和緩地說下去：

「照我看，你們應該是瓦特拉派來的護衛。如果想保護那個第四真祖，你們的敵人可不是我。難道你們想糟蹋瓦特拉特地布的局？」

「……這是什麼意思？妳知道奧爾迪亞魯公的下落嗎？」

吉拉露出疑惑的表情。少女提出忠告時，口氣簡直像知悉瓦特拉一切行動的人。吉拉壓抑著焦躁想探出情報，少女則用一副隨時會開口稱讚他「好孩子」的表情望著他。

「別擔心，我沒殺他。憑我的力量，要將那傢伙徹底消滅也不輕鬆。等事情辦完，我就會放了他。」

「妳這種貨色也困得住大人？」

加坎的俊美臉龐上露出了扭曲的獰笑。哦——少女反倒貌似意外地出聲嘀咕。

「信不過我嗎？反過來問，你們認為瓦特拉那種貨色敵得過我的根據是什麼？」

「妳到底是……！」

吉拉臉上流露出一絲猶豫。對方的力量感覺並不能凌駕身為「遺忘戰王」直系吸血鬼的吉拉或加坎——更遑論瓦特拉。若有那般強大的吸血鬼，吉拉他們實在不可能不知道對方的名號。

然而，待慣戰場的吸血鬼本能正發出警訊，這個少女那深不可測的自信恐怕並不是毫無根據。

「夠了。你退下，吉拉。我們沒義務繼續奉陪那傢伙的戲言。」

沒過多久，加坎像是忍無可忍地狠狠撂了話。他的雙眼染成深紅，綻放出妖異的魔魅光彩。那光芒來自名為「魔眼（Wadjet）」的不可視眷獸，可以從加坎的眼睛入侵敵人大腦，進而支配對方的意志——

「女人，我要妳把知道的事情全部招出來！」

加坎的眼睛更顯光輝。少女平靜地回望那陣光芒並發出感嘆之語：

「精神支配系的眷獸嗎？不愧是脈承戰王的眷屬，擁有挺罕見的能力嘛——」

「什……麼！」

少女話說完以前，加坎就仰天弓起了身軀。唔喔——他的口中發出哀號。

「怎麼可能……那對眼睛……妳……！」

龐大的魔力倒流使加坎捂著左眼單膝跪下。少女擋下眷獸的攻擊，讓那股力量反撲到身為召喚者的加坎身上。

「別怪我。是你自個兒要看我的眼睛。」

少女用關心的語氣告訴加坎。她從兜帽底下露出來的那對雙眼散發著青白色光芒，其光輝防禦了加坎用眷獸發動的攻擊，反讓他受到折磨。

「『炎網迴廊（Nephila Ignis）』——」

隨後，吉拉的清亮嗓音響遍四周，血霧從他的指尖飛散。那片紅霧幻化為赤熱熔岩，像蜘蛛網一樣布滿少女身邊。

「吉拉嗎——！」

「你讓開，特畢亞斯。這裡交給我——」

吉拉露出清冽的微笑強調。由他腳底冒出的，是一隻帶著琥珀色迷人光采的蜘蛛——擁有熔岩身軀的蜘蛛形眷獸。

眷獸放出的絲同樣是灼熱熔岩。那形成了美麗的幾何學圖樣，徹底包圍穿著白斗篷的少女。只要她動一根手指，就會瞬間被熔岩之絲纏身並焚滅吧。

「這陣仗全出自一匹眷獸嗎？真是驚人。」

少女自信地瞟了瞟毫無空隙滿布的琥珀色蛛絲。雖說形態是絲，既然同屬於眷獸，實體就是濃密的魔力聚合物。在吉拉張開的蛛網中，霧化和操控空間的魔法都不能使用。要從陣裡逃脫絕無可能。

「我也只會警告一次。請妳投降。」

吉拉靜靜說道。不聽從警告就只能殺妳了——他的聲音裡透露著這樣的苦惱。可是少女卻眼睛炯炯發亮地嘲笑著說：

「沒必要警告喔，吉拉．雷別戴夫。你傷不了我。雖然是為了保護同伴，對我出手的報應，你就收下吧。」

「——唔！」

霎時間，少女釋放的魔力之強令吉拉啞口無言。遍布周圍的熔岩蛛絲——吉拉那匹眷獸的身軀爆開了。它抵抗不了少女召喚的眷獸魔力，因而從身體內側炸碎四散。既然逃不出蛛絲之陣，將它擊潰就行了——少女的蠻橫行為彷彿透露著這種訊息。

「她召喚了眷獸？怎麼可能，這股力量是——！」

現身的眷獸魔力過於龐大，連加坎也說不出話了。

難以形容的怪異魔物，迸發的濃密魔力遙勝吉拉和加坎的眷獸，恐怕也凌駕瓦特拉的融合眷獸。能操控這等眷獸的，只有那幾位——

最強最古老的吸血鬼真祖。

「過程出了些亂子，但也是不得已。不對，蛇夫就是料到會如此演變才安排了護衛吧——真有一套。」

少女傲然笑著施展力量。

解放開來的爆發性魔力撼動了「魔族特區」的天空，使天空染上一層青白色雷光。

7

察覺神祕少女來襲的，不只加坎他們。過度適應者——矢瀨基樹同樣靠著布於古城周圍的聲響結界（Soundscape），掌握到追蹤者的存在。

加坎和吉拉會與對方交戰，大致也在矢瀨的估計之內。不過，少女召喚的眷獸規模遠超出預料。

「喂，摩怪——那是什麼玩意！我可沒聽說過！」

矢瀨朝著智慧型手機怒吼。通訊的對象是由淺蔥命名為「摩怪」的人工智慧（AI）——統管絃神島的五具超級電腦化身。

『哎……坦白講，我也嚇到了。無登島記錄，魔力波形突破測定極限而無法估測。那是徹頭徹尾的未確認魔族。』

摩怪用了亂有人味的口氣回答。感覺它並不會真的吃驚，但查不到記錄這一點恐怕並不是謊話。摩怪沒理由在這種狀況下欺騙矢瀨。

「影像呢？不能從骨骼分析嗎？」

矢瀨冷靜地點出端倪。透過設置在絃神島各處的監視攝影機，摩怪應該儲存了大量的島民圖像。和那些圖檔做比對，大有可能獲得和少女有關的蛛絲馬跡。

摩怪本身大概也想過一樣的方法。它回答得很快。

『吻合的範本只有一個。相似率百分之九十八．七七九——』

「範本名稱是奧蘿菈．弗洛雷斯緹納嗎？」

『答得漂亮。就是第十二號「焰光夜伯」。』

摩怪用了明顯在尋開心的口氣說道。

矢瀨忍不住朝旁邊的大樓外牆掄拳。

「怎麼可能……！」

『咯咯……你覺得事到如今，第十二號不可能出現嗎？既然如此，那女的會是誰？她可是輕鬆收拾了「戰王領域」貴族的怪物。說不定就是真貨喔？』

摩怪那看穿迷惘的設問讓矢瀨陷入困惑。火焰翻騰的虹色髮絲、焰光之瞳、妖精般的稚幼姿色——所有特徵都和過去曾待在這座島的少女一致。那個少女和矢瀨本身也有不淺的緣分。然而——

「那才真的沒道理吧——你應該知道理由才對，摩怪。」

『也是啦。假設那個小妞是冒牌貨，又怎麼辦？』

被摩怪點出問題所在，矢瀨語塞了。他的職責單純只是監視者，就算有天生的過度適應能力和人工島管理公社的後援，也無望和那種怪物一搏。現在他就是恨這樣的事實。

「結果我們還是只能坐以待斃嗎？」

『不……看來那也有困難。』

摩怪同情矢瀨似的發出了警告。當矢瀨正要質疑「什麼意思」時——

「沒錯。」

他眼前忽然傳來贊同的聲音。

什麼——矢瀨倒抽一口氣。無人煙的大樓樓頂，離矢瀨隔了幾步之外站著一名男性。那是個戴眼鏡、相貌斯文的青年。

青年穿著寬鬆的黑色中國服飾，氣質令人聯想到古代的仙人。不過稱得上特徵的部分只有這點，即使近距離對峙，他的存在感仍意外薄弱。

「接近時……居然沒讓我察覺！」

矢瀨對那無法理解的事實感到動搖。他擁有經能力增幅過的超聽覺，連幾公里遠的腳步聲都能分辨。即使因為神祕少女而分心，他也不可能渾然不覺地讓對方接近到這裡。

青年不帶情緒地望著吃驚的矢瀨，然後取出武器——長度稍微超出一公尺的全金屬製短槍，槍尖和握柄都像吸收了光似的呈純黑色。

那樣的短槍有兩把——

青年將左右手的短槍接起來，組成一把兩端都有槍尖而外型顯得奇特的長槍。

「因為你的能力對我來說有些麻煩，請你在這個關頭退場吧，矢瀨基樹。旁觀者只要一個就夠了——」

「這樣啊……記得監獄結界的逃犯總共有七個。你就是第七人嗎！」

察覺青年身分的矢瀨大吼。

大約一個月前，發生過魔導罪犯的逃獄事件。那天，和「書記魔女（Notaria）」仙都木阿夜一同逃出監獄結界的囚犯有七個。

儘管當中有六人已經被帶回結界，卻剩下一個逃犯去向不明。那就是這個黑衣青年。所有的記錄都和罪狀、能力一起遭到抹銷，詳細不明，唯一留下的資料只有他的姓名——

「……紘神冥駕！」

矢瀨從口袋拿出膠囊塞在嘴裡，並且咬碎。隨後，他的周圍開始起風，風勢不久就變成了狂風。

「希望你不要隨便叫那個名字……也罷。」

青年被颼颼襲捲的暴風壓迫，微微發出嘆息。

不消一會，他眼前就出現了藉光線折射創造出的暴風巨人。那是矢瀨將過度適應能力短暫性增幅後創造的分身——重氣流軀（Aerodyne）。壓縮成數十氣壓的氣流肉體，破壞力可比擬局部性龍捲風。而且巨人體內只是單純的空氣，靠魔法並不能抵禦，就連姬柊雪菜的七式突擊降魔機槍（Schneewalzer）也無法令矢瀨的攻擊失效。

「操縱氣流的過度適應者……很有意思的能力。不過……」

青年望著那尊暴風巨人，靜靜地舉起武器。漆黑長槍散發的幽邃凶光好似搖曳於黑暗中的鬼火。

於是在暴風巨人的攻擊觸及那陣光芒時——狂亂的氣流就隨著巨人一起消滅了，彷彿從最初就不存在，現場只剩下一絲微風。

「重氣流軀失效了……！」

矢瀨驚愕得凝息。青年所作的並非破壞暴風巨人。他面對攻擊就連防禦的意願也沒有，只是抹消了矢瀨操控的異能力量。

「那把槍……是七式突擊降魔機槍嗎！不，不對……！難不成……！」

矢瀨終於察覺黑色長槍的真面目，並憑本能了解到不能和這男的交手。矢瀨利用僅存的些許氣流往背後一跳，打算避開青年的反攻。

可是，黑色長槍搶先發出的斬擊掃中了矢瀨的身體。遭砍傷的胸膛鮮血四濺，矢瀨的身體撞破鐵絲網，朝地面墜落而去。

「嗯……」

青年對嫌輕的手感皺起臉，並從鐵絲網破洞俯望地面。

理應倒在地上的矢瀨不見人影，鋪了柏油的路面只有大片血泊。他帶著那種傷應該動不了才對——

「真是頑強呢……哎，不過算了。」

黑衣青年小聲地喃喃自語，視線則忽然停在樓頂角落。有一支智慧型手機掉在那裡，大概是矢瀨在戰鬥時匆忙遺落的。

破裂螢幕上的文字是他的通話對象，更顯示目前仍是接通的——

「總算見面了，我等所侍奉的王。」

咕噥的紘神冥駕滿足地說著，恭敬地行了一禮。接著他緩緩朝智慧型手機伸出腳，重心直接放在腳跟，粗魯地將手機踩碎。螢幕玻璃粉碎，留下「咯咯」的奇妙笑聲後，這次通話徹底結束了。

8

「記得在四年前──精確來講是三年八個月前的三月，義大利半島的羅馬自治區發生過列車的炸彈恐怖攻擊。遇害的是列車人員、乘客和車站裡的民眾，死傷者超過四百人。這條新聞在日本也鬧得很大耶。」

嘴裡塞滿烤薄餅的淺蔥瞪著筆記型電腦的螢幕這麼說明。她旁邊已經堆了四個被掃空的大盤子，以淺蔥而言算是節制過的份量。大概是因為她相當專注於作業。

淺蔥讀取的是地方公安警察的內部檔案。像恐怖攻擊這類牽扯上政治的事件，政府會刻意隱瞞媒體或改竄一部分資料。據說她就是為了避免被那種資訊擾亂才直接調警方的檔案。

由於早就過了午餐時間，ＭＡＲ的員工餐廳裡空著。古城和雪菜聽淺蔥說明，連飯都忘了吃。

「事件是發生在當地的下午一點。當天晚上八點多，受了重傷的凪沙就被ＭＡＲ用專機送來絃神島了。」

淺蔥說到這裡，苦惱似的捂住了眼睛。她帶著嘆息搖頭。

「怎麼會……」

「果然是那樣嗎……」

雪菜也和淺蔥一樣垂下視線，沉痛地低喃。

「咦？妳們那種反應是怎麼了……？」

古城被她們的態度搞迷糊了。恐怖攻擊發生於羅馬自治區，古城兄妹倆在現場。然後為了治療受重傷的凪沙，才會將她送來絃神島。古城將說明的內容照單全收，也不覺得時序上有什麼問題。

不過，淺蔥卻擺出一副嫌古城遲鈍的表情看著他說：

「真是喔……你以為從羅馬到絃神島，搭飛機要花多久時間？」

「咦？啊……」

古城終於聽出異常了。即使搭直達班次，從羅馬自治區到東京也要花十二個小時左右。從東京到絃神島又需要快一個小時──把轉機的工夫算進去，應該還要花更多時間。就算MAR安排了專機，當時抵達絃神島的時刻也太早了。

「呃，可是之間有時差吧？我記得兩邊大約差了八小時才對──」

「日本和羅馬的時差是負八小時。絃神市的晚上八點，就是羅馬當地的中午。」

雪菜淡然指正。古城陷入立足點瓦解的錯覺，茫然地搖搖頭。

「……這是怎麼回事？」

「表示炸彈攻擊發生時，凪沙就已經入院了啊。她受的傷和那起事件沒有關係。碰巧發生在同一天的事情，被有心人當成送她入院的藉口了。」

淺蔥說著聳了聳肩。雪菜又接著補充：

「學長和凪沙沒有事件前後的記憶，我覺得也是當然。因為你們兩個從一開始就沒有碰上炸彈攻擊事件。」

「看來凪沙受傷時你們都在羅馬的說詞也變得可疑了。雖然出國記錄還留著，你們應該是去了歐洲沒錯……」

「意思是……我們之前一直被蒙在鼓裡……？」

古城有氣無力地嘀咕，然後望著自己的手掌。身邊的大人統統都在欺騙他和凪沙——這樣的想像與其說是不愉快，更讓他覺得詭異而惶恐，更不用說這騙局連親生父母都有份。

「可是，設那樣的騙局有什麼意義？那些人為什麼要騙我和凪沙？」

「我也不明白……」

雪菜靜靜搖頭表示關切。

「不過，恐怕和學長的體質不無關係。」

「古城的體質？」

回神的淺蔥抬頭看了雪菜。要知道古城瞞了她什麼，就要先調查這個事件——之前開出這種令人費解的條件的正是雪菜。恐怕雪菜從一開始就已看穿古城被灌輸的記憶是假的了。

「對喔……剛才妳約好要解釋給我聽。趁這個機會，我要你們把隱瞞的事全招出來。」

被淺蔥用認真的眼神瞪著，古城看開似的點頭。總歸來說，他自己也覺得遲早要向淺蔥坦承這一切。

然而在那之前，古城想先確認一件事。

「欸，淺蔥。凪沙的治療記錄應該都留在ＭＡＲ吧──」

「這個嘛……應該是有啦。不過未經許可就偷看是違法的，而且也會侵犯個人隱私。」

淺蔥似乎猜到了古城的企圖，難得口氣躊躇。

古城卻帶著一副鑽牛角尖的表情，將視線轉向窗外。

隔著草皮廣闊的中庭，對面蓋了一棟擁有白色外牆的大樓──ＭＡＲ的醫療研究所。凪沙應該就在那棟建築接受治療。

「ＭＡＲ那些人還不是騙了我們，彼此彼此吧。假如他們利用了毫不知情的凪沙，那才叫犯罪啦。」

「……事情就是這樣嘍，摩怪。」

淺蔥深深呼氣，叫了和自己搭檔的人工智慧。光靠一台無力的筆記型電腦，要駭入全球屈指可數的高科技魔導企業ＭＡＲ，就算是淺蔥也有點勉強。因此，她大概是想找人工島管理公社的主電腦來支援。

人工智慧卻沒有回應。

「摩怪……？」

淺蔥俐落地操縱鍵盤，並輸入檢查指令。平時沒事就會擅自冒出來挖苦人的電腦化身，今天偏偏對淺蔥的呼喚沒反應。系統似乎出現了某種障礙。

「咦……！」

「——唔！」

雪菜和古城同時發出驚呼。他們發現離MAR研究棟不遠的地方釋出了龐大魔力。就連對這一類跡象不算敏銳的古城，都能確切感應到那驚人的大量魔力。

「姬柊，這是——！」

「對，是眷獸。不過，這超乎常理的魔力是……！」

雪菜抓起立在旁邊的吉他盒衝向窗邊。可以看見從大樓縫隙間露出來的電波塔像是被巨大刀鋒砍過一樣，正緩緩地逐漸倒塌。

肯定是「舊世代」的吸血鬼——而且是貴族等級召喚眷獸下的手。魔力來源還不只一處。晚了一會，又有召喚新眷獸的動靜傳來。

古城等人首先想到的是加坆和吉拉。既然他們身為「戰王領域」的貴族，能召喚這種等級的眷獸也不奇怪。

問題在於，有敵人逼得他們不得不用上複數眷獸這一點。

而且戰鬥還沒有結束的跡象。這表示瓦特拉的兩名心腹正陷入苦戰嗎——

「什麼──！」

隨後，淺蔥發出尖叫。周圍變得簡直像深夜一樣暗，劇烈雷光占滿了整片天空。令人聯想到隕石墜落的衝擊讓人工大地震動搖晃。

古城和雪菜愣得發不出聲。他們兩個都察覺那陣衝擊的真面目了。

籠罩人工島上空的魔力聚合體──那正是加坎他們的對手召喚出來的眷獸。前提是帶來這種驚人異象的玩意還能不能叫作眷獸。

就像過於巨大的質量會干涉重力，過於巨大的魔力光是存在於那裡，就會讓人工島的機能失靈。大氣濃密得令人窒息，視野變得扭曲，宛如被拖進深海當中。

能散發這種龐大魔力的眷獸，古城他們只認得一種。

那就是世界最強吸血鬼──第四真祖的眷獸。

「──古城，你看那邊！」

閃電在極近距離下炸裂，有道人影伴隨雷光降臨在醫院中庭。淺蔥指著那個人影大叫。

在電光環繞下站在那裡的是個穿白色斗篷的少女。她大概就是與加坎等人交手的「敵人」。

少女伸手一指。

彷彿受她的指尖引導，巨大雷球降落至地面。面對超脫常軌的破壞力，避雷設備和防禦結界都不堪一擊。龐大熱能和衝擊直接撲向醫療大樓，令建築物外牆粉碎。

最新銳的研究設施如今成了即將倒塌的廢墟。同樣的攻擊若再來一次，建築物八成就會被消滅得無影無蹤。

「那傢伙搞什麼？凪沙在那裡面耶！」

古城看了那一幕才終於回神。

那個少女的真面目是誰都無所謂。最要緊的，只有她正想摧毀凪沙所在的建築物。絕不能放任她那蠻橫的行為。

可是，古城到底能不能阻止她？少女操縱的眷獸具有古城同等以上的力量——

「…………呵。」

少女回頭看了古城，彷彿已洞穿他的迷惘。脫掉的斗篷下，現出了她那妖精般的美麗臉孔，隨暴風掀湧的虹色髮絲，以及笑得挑釁的焰光之瞳。

「學長，凪沙由我去保護——！」

雪菜厲聲一句，穿過了戰慄的古城耳朵。

她從吉他盒抽出銀亮的全金屬製長槍。伴隨著流暢的鏗然聲響，那把槍在她手裡伸展變形，展開厚實的鋒刃。

「姬柊！」

「藍羽學姊拜託你了！」

雪菜單方面交代完以後，就衝破強化玻璃牆跑到外頭。

中庭還留著少女施放的雷擊餘波。雪菜迎面衝了上去，銀槍一閃，消滅了滯留的電光。她那把七式突擊降魔機槍是能斬除萬般結界、令魔力失效的破魔之槍。在場能對抗真祖眷獸的人類，除了帶著那把槍的雪菜以外不作他想。

「那把槍是什麼！她究竟……」

淺蔥茫然嘀咕。她不知道雪菜的底細，第一次見識身為劍巫的面貌難免會感到震懾。

可是，古城無法和這樣的淺蔥搭話，因為就連他自己也還深陷於動搖的情緒中。

「不會……吧……」

「古城？」

淺蔥察覺到古城的模樣不尋常，就抬頭看了他的臉龐。

古城睜大的眼睛顯得恍惚，只盯著一處。他看著雷光環身，猙獰微笑著的虹髮少女——

「奧蘿菈……妳怎麼會……」

古城的喉嚨冒出悲愴得近似痛哭的一句質疑。

9

Magna Ataraxia Research——ＭＡＲ，全球屈指可數的魔導產業複合體，光是設於絃神市內的研究設施就已擁有將近一千名研究人員的巨型企業。

在設施裡負責保全的，是裝設魔法迴路的警備器——一種大小和垃圾桶差不多，色彩鮮豔的小型機器人。

具圓弧線條的外觀有股說不出的可愛喜感。

不過說它們是保全機器人，也只是表面上的稱謂罷了。ＭＡＲ製造的警備器內部是軍事用無人攻擊機，開發用來對付魔族的試造兵器。

那些無人攻擊機殺向入侵的少女，打算讓她接受彈雨洗禮。

透過新研發的白金銠彈頭，可對魔族造成半永久損傷的小口徑高速咒裝彈。據說這是連特區警備隊都決定暫緩使用的凶惡彈頭。

在三十台警備器各自以每分鐘兩千發的速率撒出的彈幕下，虹髮少女仍不以為意地微笑，並且命自己的眷獸攻擊。

籠罩上空的黑霾放出巨大雷球，接著化為無數光箭撒落在研究所用地內。散發出來的熱衝擊波粉碎了無人攻擊機，更在建築物外牆和地面刻下大規模的破壞痕跡。

守候在警備器後面的警衛慘叫著開始逃竄。

少女踏過無人攻擊機的殘骸，貌似意外地望著逃走人們的背影。那表情像是對將槍口對著她的那些人竟能存活至今感到奇怪。

「喔，救那些傢伙一命的，就是妳嗎——」

少女認出站在爆炸煙塵中的人影，愉快地舔舐嘴唇。抵擋住眷獸攻擊的是個手持銀槍的嬌小少女。

「這樣嗎？聽說為了監視第四真祖，派了個使用七式突擊降魔機槍的好手。有意思——我對妳多少有興趣。報上名來，小丫頭。」

「我是姬柊雪菜，獅子王機關的劍巫。」

面對少女高傲的質疑，雪菜口氣毅然地回答。

近距離對峙下，少女的邪氣超乎雪菜想像。只要有一瞬鬆懈，戰意似乎就會立刻被剝奪，威迫感凌駕於雪菜以往對付的任何敵人。

即使如此，雪菜仍持槍備戰，讓少女對她投以讚賞的目光。

「不要動。請妳將眷獸解除召喚，聽我的指示。」

「對我下指揮？不知自己有幾兩重的莽撞年輕人頗得我好感啊，叫雪菜的丫頭。」

呵——狂放的深深笑意刻在少女嘴邊。她頭上冒出了一顆格外巨大的雷球，帶電的空氣令雪菜肌膚刺痛。巨大雷雲蓋滿整片天空——那朵雲恐怕就是她的眷獸。

「但是，妳的話我聽不入耳，因為我的目的尚未達成。」

青白色閃光朝雪菜射了過來。常人絕對看不清的那道攻擊被雪菜用槍掃落。獅子王機關的劍巫能透過靈視看到短瞬後的未來，靠著洞穿未來之力，雪菜成功迎擊少女那匹名副其實快如閃電的眷獸。

雪菜直接奔向少女。

「想用蠻力阻止我？妳越來越讓人中意了！」

面露喜色的少女再度發動攻勢，但雪菜沒有停下。她斬斷灼熱雷擊，一直線朝著少女猛衝。然而——

「能斬除萬般結界、令魔力失效的破魔之槍嗎——儘管不純熟，妳使得還算靈活。不過光是如此，可擋不住我！」

「——咦！」

「雪霞狼」以主刃貫穿了少女——在雪菜這麼認為的瞬間，她口裡發出的卻是驚呼。

她那把理應能斬斷萬般魔力的長槍，從旁受到衝擊而偏了軌道。

雪菜並沒有被眷獸攻擊。少女是徒手將「雪霞狼」打偏的。

窮追猛打的槍招被少女出腿擋下。隨後她揮下手刀，也被雪菜以一紙之隔閃開。雪菜態勢不穩，鐵掌又重重轟來。這樣的攻速讓雪菜無法反擊，光要立刻退身就已費盡渾身解數。

「怎麼會有……這樣的身手……」

強烈感到焦躁的雪菜不禁嘀咕。

毋庸置疑，眼前的少女是強大的吸血鬼。她操縱的眷獸破壞力則與古城——第四真祖的眷獸同等或更勝一籌。不過，單是如此並不可能讓握有「雪霞狼」的雪菜陷入苦戰。

讓雪菜受到刺激的，是少女在肉搏戰壓倒性占上風的事實。雪菜和洛坦陵奇亞的殲教師以及獸人傭兵互搏，都能取得平手以上的優勢，現在卻被體格幾乎和自己一樣的少女逼得走投無路。

不過虹髮少女似乎同樣佩服對手的能耐。她像是要讚賞毫髮無傷地閃過攻擊的雪菜，大大地點頭說：

「呵呵呵，撐得好。不過——上吧，『Xiuhtectli』。」

少女腳邊出現的是新眷獸——一道令人聯想到火山噴發的熾熱火柱。蜷行如巨蛇的猛炎奔流從雪菜頭頂直撲下來。

「『雪霞狼』——！」

雪菜對離奇的熱能感到愕然，還是將所有靈力灌入長槍，迎擊奔流的狂焰。縱使管它叫熾熱奔流，其真面目仍是純粹的魔力聚合物。能令魔力失效的「雪霞狼」一擊就能消滅熱能及火焰本身。

「……主動殺向火焰當中嗎？明明只要妳敗給恐懼一瞬，『Xiuhtectli』就可以在剎那間將妳燒得屍骨無存——這頭陣打得精彩。雖然我出手經過拿捏，能將這些眷獸擋下兩次的人可不多。我准妳以此為傲。」

虹髮少女反倒痛快地誇了雪菜一番。對於那深不可測的自信，雪菜感覺到一股近似原始恐懼的疑問。

「妳到底是……！」

眼前這名少女和雪菜以往碰上的敵人都不同。以強度而言，與變成模造天使(Faux-Angel)時的叶瀨夏音相近。無窮魔力和絕對的不死特性；接近神聖的威迫感。和普通魔族相異的次元——少女存在於另一個崇高遙遠的境界。

若要說和模造天使有哪裡不一樣，那就是環繞在她身上的並非神能，而是無限的負之生命力。

雪菜認識另一個尚未臻至完美，但仍近似於少女的人。

曉古城——現任的第四真祖。假如他取回真祖原本的一切權能，或許就會到達和少女同等的境界。

然而，少女不可能是吸血鬼真祖。她美麗年幼的外貌和外傳的三位夜之帝國領主都完全不同。

而且即使把據說不該存在的第四真祖算進去，吸血鬼真祖也只有四位——

只要古城身為第四真祖，她就不可能是真祖。

只要古城身為「真正的第四真祖」——

「怎麼可能？這股力量……還有那副模樣……難不成……！」

雪菜握槍的手發抖了。

與其說她想通了，感覺更像是不願思考的事實被人擺到眼前。

火焰翻騰般的虹色髮絲、青白爍亮的焰光之瞳。令人生畏而口傳下來的那副模樣，不就是傳說中真正的第四真祖——奧蘿菈·弗洛雷斯緹納嗎？

容貌美麗如妖精的少女吸血鬼。

只看那虛幻的外表，大概還能斷言她是冒牌貨。

但她會用眷獸，能使喚除了真祖以外理應無人能駕馭的強大眷獸——

「上吧，『Camaxtli』。」

虹髮少女像是對杵著不動的雪菜失去了興趣，靜靜地下令。

籠罩上空的黑雲發出眩目雷霆。

那瞄準的並不是雪菜。劈開大氣的雷光是朝著雪菜背後的某棟建築物——半毀的醫療大樓伸展過去。

雪菜一直在爭取時間，但員工還沒有避難完畢，研究所的附屬醫院裡也有許多無法移動的住院患者。

可是少女的攻勢並不留情。建築物的避雷設備早被摧毀，憑「雪霞狼」也不可能將巨大的研究所完全保護好。沒有方法能保護眾人不受眷獸攻擊。真祖眷獸的攻擊威力形同天災，應會造成令人絕望的破壞景象。

「唔？」

少女口中冒出低聲驚嘆。由地面釋放出的另一道雷霆將她從天撒下的雷霆擊落了。衝擊四射的電光幻化成巨獅形貌，帶有雷鳴的咆吼令大氣撼動。

「『獅子之黃金(Regulus Aurum)』——！」

雪菜仰望著雷光巨獅的雄姿大喊。

總算來了嗎——虹色頭髮的少女微笑著轉移視線。

映於她眼中的，是領著眷獸站在那裡的古城。古城毫不鬆懈地瞪著少女，並且代替雪菜站向前。

「妳沒事吧，姬柊？」

全身環繞青白色電光的古城開口關心。雪菜茫然望著他那副模樣。

「學長——」

「交換選手。淺蔥拜託妳了。」

古城厤木的口吻顯得有些自棄。在場的不只雪菜和敵人，他召喚眷獸的模樣當然也被淺蔥看在眼裡。

和祕密被發現的古城相比，撞見真相的淺蔥應該更受動搖。可是，古城他們現在沒多餘心思可以分在淺蔥身上。他能辦到的，頂多只有確保淺蔥的安全。

「學長，那一位……」

「嗯……她長得很像奧蘿菈。」

古城瞪著虹髮少女，無力地露出苦笑。

間隔短暫沉默，雪菜說出自己擔憂的事實：

「那樣的話，她就是真正的第四真祖囉？」

「所以我更免不了和她交手吧。」

古城的雙眸綻放紅光，全身噴湧出濃密魔力。

「要是那傢伙找上凪沙，就更不用說了！我絕不會讓她對這間醫院出手。接下來是屬於真祖之間的戰爭——！」

在古城怒吼的同時，雷光巨獅咆哮。

巨大的魔力聚合體朝虹色頭髮的少女現出獠牙。少女臉上不顯畏懼，只露出欣喜笑容。她解放出龐大魔力，和古城的魔力相互抗衡。

「『獅子之黃金』嗎？真令人懷念——那就上吧，『Camaxtli』——！」

從少女頭上降臨的眷獸化為巨雷，撲向雷光巨獅。

同樣身懷大量電荷的眷獸面對面發生衝突了。相搏造成的衝擊波成了狂風，不分敵我地掃過四周。古城的臉焦慮得皺在一起。

「……『獅子之黃金』居然……比不過那傢伙？」

那畫面讓古城難以置信。「獅子之黃金」這一衝，在觸及少女前就停下來了。傲稱無敵的雷光巨獅被少女那匹眷獸的威力逼退了。

「不出所料，自稱第四真祖的你果然還無法徹底駕馭眷獸！別讓我太過失望啊！」

任秀髮在暴風中飛揚的少女放聲大吼。火柱從她的腳邊竄起，化成一道侵襲古城的熾熱奔流。

「上吧，『Xiuhtectli』。」

「唔！迅即到來，『雙角之深緋（Alnas Minium）』！」

古城喚出的暴風眷獸將熾熱奔流打落。為了避開逆流的猛焰，少女解除召喚的眷獸。

「呵呵……擋得好！既然如此——！」

忽然蹬地的少女飛身向前。

怪物般的加速度，憑吸血鬼的肌力也無法重現。

十幾公尺的距離瞬間歸零，少女伸出右臂向古城刺去，指尖上伸出了和她的纖纖玉手並不搭調的凶猛鉤爪。

「這傢伙……！」

閃不開少女這一擊——用直覺判斷的古城又喚出另一匹眷獸。他全身變成了霧，少女打算用來貫穿他的右臂同樣霧化了。

「霧之眷獸『甲殼之銀霧(Natra Cinereus)』嗎——選得不錯，但你大意了！」

少女運用自身魔力強行將違抗意識而正要消滅的右臂具現化。受牽連的古城也被解除霧化狀態，遭到撕裂的左胸濺出鮮血。古城麾下能讓萬物變成霧氣並消滅的眷獸，面對和自己同格以上的吸血鬼一樣不管用。

「唔喔……！」

古城瞪著少女沾滿血的右臂呻吟。身為吸血鬼，她的手臂卻能變化得像獸人一樣——

「我懂了……！妳是——！」

「你總算發現了嗎？不過太晚了！上吧，『Xolotl』！」

少女召喚出第三匹眷獸——一尊巨大的骸骨巨人。

喪失眼球的空洞眼窩、血盆大口，以及裸露在外的肋骨空隙，全都被不反射任何光線的漆黑空間所填滿。

肋骨如門扉般開啟，從中滿盈的黑暗像炮彈一樣射出。漆黑炮彈索求無度地刳鑿空間。

不妙——古城全身僵冷。骸骨巨人瞄準的並不是古城，而是他背後的建築物。虹髮少女始終衝著凪沙所在的醫療大樓發動攻勢，目的大概就是為了挑釁古城！

但面對刳鑿空間的攻擊，要怎麼做才阻止得了——！

「迅即到來，『龍蛇之水銀（Al Meissa Mercury）』！」

古城喚出眷獸——身覆水銀鱗片的雙頭龍。它們張開巨顎，反將周圍的空間連漆黑炮彈一同吞入口中。

可是，要吞下同格眷獸施展的攻擊，對身為「次元吞噬者（Dimension Eater）」的雙頭龍似乎也有負擔。古城消耗掉大量魔力，不由得雙膝跪地。

虹髮少女似乎同樣耗力甚鉅。也許是充分示威後已感到滿足，她解除了所有召喚的眷獸，滿意地露出微笑。

「——漂亮。我命令『Xolotl』發出的穿滅空間，沒想到會被你連著次元一起刳去。原來如此，你就是靠著那種機靈才從『焰光之宴』存活下來嗎？」

「妳說……焰光之……宴？」

耳熟的字眼讓古城心窩一揪。過去理應喪失的記憶正深深刺痛著他。

「我也想再試試你的斤兩，不過時候到了。也好，反正目的已經達到。」

久違的耀眼陽光讓少女皺著臉開口。

她看的是醫療大樓。儘管中途被古城阻擾，少女的眷獸仍將大樓外牆挖去一整塊，讓設置在地下深處的實驗設施暴露在外。

厚實的金屬內壁、補強用的鋼筋、高壓電纜和冷卻液循環裝置，以及無數計測儀器。死板的空間讓人聯想到工廠內部。

擺在中央的金屬床上有個嬌小的少女沉睡著。

只穿著單薄病患服的模樣，讓人聯想到躺在祭壇上的祭品。

「凪沙……！」

古城望著沉睡的妹妹，杵在原地。

宛如照鏡子似的，有另一個少女睡在躺著的凪沙旁邊。

那個少女被冰河般澄澈的蒼白冰塊包覆。

古城無言地凝望著過去曾被稱作「妖精之棺」的那個冰塊。

10

「古城的身分是第四真祖？」

虹髮少女和古城的戰鬥好像告一段落了。靜寂忽然來到，只聽得見淺蔥質疑的聲音。

淺蔥的視線對著雪菜。她雙手抱頭，憤然瞪著為了保護自己而回來的雪菜。

「妳說那個笨蛋變成了世界最強的吸血鬼……是什麼意思？然後妳是國家特務機關派來監視他的人？什麼跟什麼嘛，莫名其妙……真是夠了！」

「對不起，我願意為之前隱瞞的事道歉。不過……」

雪菜嚴肅地低頭賠罪。然而她的嗓音卻帶著一絲困惑的調調。淺蔥會發火是理所當然，即使如此，她的反應還是和雪菜預想的有些差異。

「呃，妳不太驚訝耶……」

被雪菜戰戰兢兢地提醒，淺蔥鼓著腮幫子撥了頭髮說：

「我在魔族特區住了十年以上，事到如今才不會因為熟人是吸血鬼或攻魔師，就嚇得叫出來啦。再說聽妳一提，可以想到的蛛絲馬跡也很多。基本上，都當面看到那種玩意了，不信也得信吧。」

「嗯……對不起。」

冷靜想想，雪菜並沒有理由道歉，但受到淺蔥的氣勢逼迫，她忍不住就低頭了。

「重要的是，姬柊！」

「請……請說！」

全身縮成一團的雪菜抬起頭。淺蔥一舉把臉貼到她面前，眼睛盯著她細細的頸子。

「妳和古城，已經發生關係了嗎？」

「什……什麼？」

「我是在問你們有沒有吸血和被吸的關係啦！」

淺蔥粗魯地伸手在旁邊的桌子上一拍。她的問題來得太突然，讓雪菜腦裡一片空白。

「咦！那個……要怎麼說呢？過去是因為情況緊急……！」

「有對不對！幾次？」

「這……這個嘛——」

雪菜不禁扳著指頭數了起來。她沒有心理準備，因此想不到隨口敷衍這樣的選項。

「那個男的喔……！」

「藍……藍羽學姊？」

淺蔥看了雪菜彎起的手指，頓時氣得翻眼。對淺蔥來說，古城是不是人類似乎並不重要，他的嘴唇有沒有接觸過雪菜的肌膚——這一點好像才是最要緊的。

想要找話打圓場的雪菜，神色卻忽然變得凝重。

「對不起，藍羽學姊。那些事我們之後再談——」

銀槍一轉，雪菜不出聲響地走向前。她的視線前方有個無聲無息出現的年輕男子身影。那是個身穿黑衣，相貌斯文的青年。

「他是什麼人……？」

起戒心的淺蔥全身緊繃，或許是男子讓她有了不祥的預感。

「這個人是逃犯，從監獄結界逃出來的——」

「監獄結界？」

雪菜的簡短說明讓淺蔥整張臉僵住了。她對於「監獄結界」有無法當成都市傳說一笑置之的理由。在十月底的波朧院節慶晚上，淺蔥曾經和監獄結界的逃犯展開死鬥。她比任何人都了解那些人的可怕。

「啊……妳就是那時候的劍巫嗎？」

黑衣男子——紘神冥駕瞧了瞧雪菜，微微地失笑出聲。他握在手裡的是左右成對的短槍，硬是接在一起以後就成了一把長槍。

漆黑長槍發出的妖異光芒讓雪菜訝異得瞠目。

「那把槍難道是——」

「總要被認出來的吧。這是零式突擊降魔雙槍（Fangzahn）——遭獅子王機關『廢棄』的失敗作。」

「——唔！」

雪菜的眼神越顯嚴肅，並不是因為逃獄青年說出獅子王機關的名稱讓她動怒。他那把樣貌奇詭的槍，她一眼就能看出是用和「雪霞狼」同種技術造出的武器。

吸引雪菜注意力的並非槍本身，而是槍上沾染的異味。全新的血腥味。

「你把矢瀨學長怎麼了——？」

雪菜的質疑讓淺蔥肩膀發顫。在這種狀況下，若要問逃獄的青年會對誰下毒手，大有可能是中途離開的古城好友。

像是要肯定雪菜她們的懷疑，青年溫和地微笑了。

「不要緊，他沒死。大概還沒有。」

「唔——！」

下一個瞬間，雪菜蹦也似的衝了上去。繼續對話並沒有意義，她認為應該先癱瘓青年的戰力。

雪菜超乎魔族反應的神速一擊將男子手裡握的槍打落，並且敲向他的側頭部——原本應該是如此。

「咦！」

然而，從槍身並未傳來手感，使得雪菜愕然停下動作。

「怎麼了嗎？」

青年若無其事地從雪菜背後出聲。他什麼也沒做，為了閃避衝刺的雪菜，他只是朝旁邊踏了一步。

怎麼可能——雪菜驚呼。

雪菜透過靈視，確實看見了青年的下一步行動。她的攻擊應該絕不會落空。

「姑且忠告妳一句，妳無法打倒我。正因為妳是優秀的劍巫才傷不了我。」

青年淡然如此告訴雪菜，口吻好比師父指點不成器的徒弟。他根本從一開始就不當雪菜是對手。

「狻猊之神子暨高神劍巫於此祀求——」

雪菜靜靜在口裡編織禱詞。她將體內修練的所有咒力灌入「雪霞狼」，轉換成斬除魔力的神格振動波光輝。無論絃神冥駕布下任何魔法，在這道光輝之下都將失去效用才是——

可是「雪霞狼」綻放的迷人光輝在觸及青年身體前就完全消滅了。被抵消的並非他的術式，而是雪菜釋放的神格振動波。

「……這把零式突擊降魔雙槍是失敗作。七式能讓邪障的魔力失効，同時增幅妳身為巫女的靈力——不過，這把零式卻會讓魔力和靈力一併消滅。」

冥駕望著動搖得無法行動的雪菜，輕視般微笑。

「因此這把槍被封印了。理由是它太過危險。」

「怎麼可能……在靈力和魔力都被阻斷的狀態下……你……居然還能活著……」

雪菜的聲音透露出焦慮。萬物皆有陰陽，如同有開始就有結束，靈力和魔力間的拮抗代表著生命本身的起伏。人類也好，魔族也罷，在靈力和魔力被切離的狀態下就不可能維持生命。因為和生死都無緣，與「不存在」同義。

「我的體質就是這樣，不受任何異能之力影響，徹頭徹尾屬於旁觀者的肉體——要是沒有這把槍，這種體質也派不上用場就是了。」

青年用黑槍指向雪菜。雪菜的靈視無法預測他的下一步行動。確實如冥駕所說，他的槍是操控靈力的劍巫的天敵。越是優秀的劍巫，越會被那把槍顛覆原有的優勢。

雪菜並沒有連長年修練的武藝都被剝奪，可是洞穿未來換取的反應速度，以及靠咒術強化的肌力都被封鎖，雪菜的體能就相當於運動神經稍微好一點的普通少女。在目前的狀態下，究竟能不能打倒監獄結界的逃犯——

「住手！」

決意要捨身發動攻勢的雪菜被淺蔥厲聲喊住。

接著在屋裡響起的，是來得突然的激烈槍響。

「到此為止。你別動！」

打開筆記型電腦的淺蔥一臉嚴肅地對著冥駕。

在她腳邊有一具色彩鮮豔的機械，模樣讓人聯想到忠心的看門狗。用槍口指著冥駕的那具機械，正是ＭＡＲ公司製造的警備器。

淺蔥透過研究所內的網路占據了警備器的操控權。之前對吸血鬼發揮不了效用的無人攻擊機，用來對付普通人類已有足夠殺傷力。

「能讓魔力和靈力失効，表示你防不了物理攻擊吧。只要你從那裡移動一步，這具警備器就會讓你變蜂窩。」

淺蔥將手指擱在鍵盤上鄭重警告。

雪菜啞口無言地望著她的臉。淺蔥的腿微微發抖，應該不是不害怕。畢竟她是沒有受過戰鬥訓練的普通女高中生，這也是理所當然。

然而，從困境中搭救雪菜的，正是身為區區一名普通女高中生的她。

「哈……哈哈哈……哈哈哈哈哈哈哈哈哈！」

和雪菜一樣愣住的冥駕忽然放聲大笑。

那並非嘲笑，也不是自暴自棄，而是屬於開心痛快的大笑。

「有什麼好笑？」

淺蔥不耐煩地問，或許是認為自己被看扁了。

冥駕卻緩緩搖頭，並且放下槍對淺蔥恭敬地鞠躬。

「在這麼短的時間內就能駭入保護嚴密的警備器，還安裝了能隨心操控它的程式啊……妳都沒有自覺，那是多誇張的能力嗎……」

「咦……」

黑衣青年的讚賞讓淺蔥聽得一臉無措。對於他一百八十度改變的態度，淺蔥應該正在猶豫該如何反應。

雪菜同樣感到困惑。淺蔥的駭客技術確實達到了不尋常的境界，但她還是不明白冥駕驚嘆成這樣的理由。

然而，冥駕卻滿意地微笑著解除了雙槍的連接——

「不枉我一直監視。那一位等待的，正是妳的這股力量。」

瞬時間，被他抹消的靈力和魔力都恢復了。

雪菜因而取回劍巫的力量，不過那也代表冥駕變得可以使用咒術了。身穿黑衣的他周圍冒出了無數墨跡般的字樣。

「空間操控術式——！」

「那算什麼嘛！簡直是作弊！」

淺蔥命令警備器開槍威嚇，瞄準的是冥駕手握的短槍。然而，發射的子彈被冥駕張開的咒術結界攔住了。

「那麼，後會有期，『電子女帝』藍羽淺蔥。不對——要叫妳該隱的巫女吧。」

黑衣青年靜靜說完就消失了蹤影。

雪菜她們只能愣著目送他離去。

11

分不清從哪裡傳來了警鈴聲，大概是特區警備隊的維安部隊。畢竟有真祖等級的眷獸在市區作亂，就算ＭＡＲ不報警，特區警備隊會大舉湧上也是自然的事。

ＭＡＲ的用地內景象慘不忍睹。

曾經美麗的中庭被燒得焦黑，連人工島地基都顯露在外。建築物的玻璃全數粉碎，損害密集的醫療大樓更隨時可能倒塌。

即使如此，單從結果來看，損害應該仍算得上是輕微。

因為兩名吸血鬼真祖正面交鋒，只帶來這點程度的損害就結束了——

「不愧是我等崇敬的真祖——兩位的戰況讓人看得十分享受。」

龐大魔力的餘波仍揮之不去，卻有一陣清朗嗓音傳到了呆站著的古城等人耳裡。

不久後，無物的虛空伴隨玻璃摩擦般的刺耳聲響迸出裂痕，從中現身的是一片黃金霧氣。霧氣逐漸變得明亮，化成俊美男子的模樣。

化成金髮碧眼的吸血鬼貴族——

「沒想到你受制於我的眷獸，還能獨力脫困。」

嘖——虹髮少女嫌惡地咂嘴嘀咕。

「先誇你一句厲害好了。想來你還能脫困得更早，之所以沒那麼做，難不成是為了乘隙取下我的首級？瓦特拉？」

「您說笑了，陛下——」

徹底具現化的瓦特拉恭恭敬敬地行禮，看似殷勤卻絲毫不顯卑微。這男人和做作的舉止相襯得令人火大。

少女有些傻眼似的嘆道：

「實在治不了你，不愧是那位戰王的心腹。真希望能讓我的血族（女兒）向你看齊啊。」

「……陛下？」

古城一臉納悶地問了瓦特拉。從他們倆的對話聽來，瓦特拉似乎已經和少女交過手，還被囚禁於某處。不過虹髮少女對於瓦特拉而言，似乎是尊敬的對象。

沒錯，瓦特拉確實說過。他指著古城和少女，稱呼兩人為真祖——

「您正是中美夜之帝國『混沌境域』的領主，率領著二十七匹眷獸，擁有數不盡的化身供變換的無相第三真祖——『混沌皇女（Chaos Bride）』對吧？」

「我不喜歡那種隆重的稱呼。叫我嘉妲就好。」

少女沒有否認瓦特拉的臆測，使壞似的笑了。

不知不覺中，她的髮色已經改變，從帶著虹色光芒的金髮變成仿若寶石的淡綠色。眼裡如焰光般的青白光輝也跟著消失，變成了像深邃湖泊一樣的翡翠色澤。

外表的年輕程度依舊，但妖精似的虛幻感不見了，取而代之的是一張令人聯想到野生母豹，既嬌媚又毅然的美麗臉孔，和方才的少女截然不同。那大概就是她——第三真祖「混沌皇女」的原來面貌。

「化身……是變身能力嗎？妳用那種能力扮成奧蘿菈？」

「得罪之處，容我向你賠個不是，曉古城。我沒有愚弄你的意思。」

嘉妲口氣沉穩地回答了古城的問題。她那翡翠色的眼睛試探般直直望向他。

「不過要讓你使出真本領，我認為那樣做是最容易的。」

「……嗯，也是啦……多虧妳，我全部都想起來了。」

古城顫抖的聲音裡帶著靜靜的怒氣。那並非針對嘉姐。他氣過去的自己，憤慨的也是遺忘了那些的自己。

凪沙以及在冰塊中沉睡的少女，加上和有著奧蘿菈外貌的少女交手，喚醒了古城遺忘於深層的記憶，原本凍結的憤怒與絕望也一同復甦了。

「是嗎？那麼我的職責就到此結束。」

嘉姐語氣和緩。接著，她眼中浮現殘酷光芒，抬頭瞪了半毀的醫療大樓。

「不過這個叫ＭＡＲ來著的組織玩弄了可悲的第十二號亡骸——對這些傢伙，我倒覺得該給他們應當的報應——」

「住手。」

古城用帶著靜靜怒氣的眼神看向嘉姐。兩人的視線如刀刃般交鋒。

「妳這局外人別插手，這是屬於第四真祖的戰爭。」

「……氣勢不錯，難怪瓦特拉會中意你。有意思。」

嘉姐滿意地點了頭。

「那這次就賣個面子給你，曉古城，我等著在『混沌境域』和你相會。在那之前，你先取回自己喪失的東西吧。」

少女的身影失去質感，像是融入虛空一樣消失了。她大概是用了將瓦特拉封入異空間的眷獸力量。

光是她消失，就能感覺到周圍大氣的凝重感減輕。第三真祖「混沌皇女」是威迫感誇張得超乎想像的吸血鬼霸主。

「那位老奶奶還是一樣恐怖。你被麻煩的對象盯上了呢，古城。」

瓦特拉用同情般的目光望向古城。

古城從帶著打趣調調的這句話背後感受到陰狠的較勁意味。對戰鬥貪求無厭的瓦特拉八成也將嘉妲當成未來要吞噬的目標之一吧。而嘉妲也明白瓦特拉的想法，還刻意放他一馬。兩人彼此都追求著更強的敵人——也許那就是他們身為魔族的駭人本能。

「你有資格說別人嗎？」

古城厭煩地板著臉問，然後又十分不情願地補了一句：

「……不過，剛才還好有你幫忙。謝謝。」

瓦特拉聽了古城格外客氣的道謝，微微地呵呵笑了出來。

被你察覺用意了嗎——淡淡的苦笑裡彷彿如此透露。

和古城交手時，嘉妲最後曾提及「時候到了」——

那恐怕就是指瓦特拉已經從異空間歸來的意思。要同時和古城、瓦特拉為敵，縱使是第三真祖也可能吃虧，所以當時她才不得不放棄和古城交手。

萬一繼續纏鬥下去，即使古城能存活，肯定也不會只留下這點災情就了事。結果絃神島還有古城等於是被瓦特拉救了。

「哈哈，這樣說不是太見外了嗎？古城？我心愛的第四真祖。」

瓦特拉用誇張語氣說完，就張開雙臂歡迎古城。古城本能感覺到危險，不自覺地準備後退。這時候──

「古城！」

臉色驟變地闖入他們之間的，是個穿著彩海學園制服、髮型亮麗的少女。她把愛用的筆記型電腦當成盾牌舉著，好用來牽制瓦特拉。

「淺……淺蔥？」

「你們兩個，果然……！」

「咦！」

被淺蔥用看待髒東西的眼神盯著，古城的聲音嚴重變調。

「不……不是啦。那都是這傢伙自己亂講──」

「誰知道啊！」

戒心畢露的淺蔥直瞪著古城。由於以往瞞了她太多，古城似乎完全失去信用了。要解開這層誤會看來不容易。

瓦特拉略感興趣地看著他們的互動，然後說：

「不好意思，古城。雖然想慢慢和你談心調情，不過我也擔心我那些部下，這裡的事後收拾就交給你嘍。」

「咦！」

瓦特拉隨口交代的內容讓古城更加心慌，因為再過不久就會有大批特區警備隊湧來。MAR的設施遭重創，負傷者眾多，設備的損害金額恐怕不是一兩億就能應付得了。而且主犯嘉妲已經跑了，總不會要古城替她擔起責任吧？

「該隱的巫女嗎……不錯。局面似乎會變得很有趣，你差不多該要有覺悟了。」

瓦特拉意有所指地說完這些，就變成霧消失了蹤影。

被留下來的古城望著亂晴朗的藍天陷入絕望。

「學長，她……」

雪菜在古城身邊咕噥著問了一句。她盯著的是安放在醫療大樓地下的巨大冰塊，以及躺在其中的少女。

「……她才是真正的奧蘿菈，第十二號『焰光夜伯』。」

古城聲音沙啞地提起那個理應已經遺忘的名字。而淺蔥依偎在古城身邊，悄悄地揪了他的袖子。

「她在睡嗎？」

不——古城搖頭。少女閉著眼睛，待在絕不會溶化的冰塊當中。

火焰翻騰般的虹色髮絲；宛如妖精的虛幻容顏。以往那片朱唇喚過古城的名字，也曾經對他微笑。

但她不會再醒來。

「這傢伙已經死了。」

躺在冰塊中的少女胸口散發著銀色光芒。

彷彿刺穿了她的心臟——

上頭有一道全金屬製的小小尖樁。

古城感傷地垂下視線嘀咕：

「是我親手殺的——」

第二章 小丑的追憶

Reminiscence Of The Zany

1

矢瀨基樹初次來到基石之門是在十二歲的春天，即將升國中前某一天的事。

「魔族特區」絃神市——

儘管形式上被劃分為東京都，在特別行政區負責施政的則是名叫人工島管理公社的組織。矢瀨家現任當家，同時亦為矢瀨父親的矢瀨顯重正是公社的理事。矢瀨被人用父親的名號召了過去。

穿過好幾道安檢來到公社辦公室以後，有個令人意外的人物等在那裡。矢瀨幾磨——比矢瀨大十歲的同父異母的哥哥。他在北美聯盟的知名研究所拿過碩士學位，目前除了在絃神市內的大學研究統計數祕術，也為顯重處理類似祕書的職務。以能力和實績來說，他都是被視為顯重繼承者的男人。

「——曉古城？那是什麼人？」

矢瀨口氣輕慢地反問坐在廣闊房間內的幾磨。

坦白說，矢瀨該慶幸談話的對象並非父親而是幾磨。這個狡猾又富野心的異母兄弟，和矢瀨比同宗的其他人合得來。

儘管幾磨身為矢瀨家的繼承人，具備沒話說的實力，家族至今對小妾生下來的他仍有根深蒂固的偏見。幾磨和被當成後段過度適應者養大的矢瀨在境遇上算同病相憐，或許那就是他們合得來的緣故吧。

「這個少年和你同年，下個月就會編進彩海學園國中部。」

幾磨說著就在螢幕放上了一張看起來還顯年幼的少年照片。那好像是住院時拍下來的，照片的背景在病房。少年的運動神經似乎不錯，但除此之外並沒有多大特徵。矢瀨看了那張感覺不出乖戾性格的臉，嘴裡數落著：「還是個小鬼嘛。」

「本家下了命令。基樹，監視這傢伙。」

「監視？」

幾磨說的話讓矢瀨露出納悶至極的臉色。

並不是哥哥的命令叫人意外。在本家的命令下，以往矢瀨也執行過幾次類似的任務，與生俱來的過度適應能力顯示他適合擔起這樣的職責。矢瀨家屬於代代有過度適應能力者輩出的家系，對待矢瀨這種小孩已經駕輕就熟。

不過矢瀨以往的監視對象只限於有瀆職嫌疑的政客，以及策劃非法交易的企業家一類的罪犯。獲命監視罪犯以外的一般民眾，而且還是同年代的小孩，實在是頭一遭。

「這並不是要你有什麼具體作為。總之只要接觸這個少年，將他的行動整理成報告就行了。學校那邊由我來安排，會讓你和他分在同一班。」

幾磨無視於矢瀨的困惑，公事公辦地繼續做了說明。矢瀨望著被交到手上的資料，驚訝似的噘了嘴說：「咦？」曉古城的身體資料屬於普通人類，讓他挺意外。

「所以這傢伙不是魔族嘛。」

「哎，也對……假如他是普通魔族，事情或許會比較單純。」

幾磨說著便露出生厭的臉色，矢瀨越顯混亂地瞪了哥哥。以平時有條有理到讓人不太耐煩的幾磨而言，這番話講得頗不得要領。

「什麼意思啦？」

「你要看嗎？」

幾磨從桌子抽屜拿出信封，擺到矢瀨的面前。矢瀨收下後皺了眉頭。信封裡面疑似是少年的胸腔骨骼照片。

「這是？」

「曉古城的X光照片。右側腹部第四和第五根肋骨的顏色不同，你看得出來嗎？」

「嗯，可以是可以……」

不用透著光看照片立刻就能瞧出端倪。

他的肋骨當中有兩根明顯並不是普通人類的骨頭。令人聯想到水晶的半透明光澤，即使在黑白的X光照片上也能清楚辨別。

矢瀨裝成一副在端詳照片的模樣，無心間卻也想著其他事情。右邊的第四、第五根肋骨——那不是以往被稱為上帝之子的人物被長槍刺穿的部位嗎？

「那不是他原本的肋骨，而是經過移植——應該說交換來的骨頭才對。」

「交換肋骨？到底和誰換來的？」

「可能會成為第四真祖的女人。」

「啥……？」

幾磨的話不帶感情，讓矢瀨愣得露出呆頭呆腦的模樣。然而，幾磨卻不像在胡鬧。

「你知道吸血鬼的『血之隨從』吧？」

「嗯。就是吸血鬼將自己的肉體一部分賦予他人，創造出來的假性吸血鬼——對吧？」

矢瀨說出以「魔族特區」居民而言滿普遍的知識，這才恍然大悟地吞了口氣。

「喂，該不會——」

「吸血鬼擁有荒謬的再生能力，然而賦予隨從的肉體部位缺了以後就不會再生。所以普通都是透過賦予血液來創造隨從，但為了創造更強大的隨從，據說吸血鬼就會賦予對方更重要的器官。」

「這傢伙擁有真祖的肋骨嗎……！」

竄上心頭的原始恐懼讓矢瀨全身汗毛直豎。吸血鬼的「血之隨從」會從主人那裡繼承吸血鬼能力的濃厚色彩，依照隨從原本的肉體規格和主人的相配度而定，據說隨從的力量甚至能凌駕身為感染源的吸血鬼。假如曉古城這個少年確實是真祖的「血之隨從」，不就表示他是和真祖同等級的怪物嗎——

「被女人賦予肋骨的少年——和神話正好相反啊。」

呵——幾磨嘀咕時難得用了說笑的語氣。或許他是想到舊約聖經中，神用了亞當的肋骨創造夏娃的那段記載。

「不管怎樣，以吸血鬼賦予隨從的部位來說，那是最頂級的貨色。畢竟人類肋骨中含有造血組織。」

幾磨又用冷冷的嗓音繼續說道。矢瀨幾乎沒有醫學知識，不過光聽了哥哥這番話，他就明白曉古城所處的狀況有多異常了。曉古城繼承了象徵吸血鬼力量的「血液根源」。

「這傢伙會是真祖的『血之隨從』……？」

矢瀨又一次望著曉古城的照片嘀咕。幾磨卻靜靜地糾正：

「他是有可能成為真祖『血之隨從』的少年。就目前階段，他只屬於普通人類，身上擁有第十二號『焰光夜伯』肋骨的人類——如此而已。」

「第十二號……？那是什麼意思？」

「你不必知道。」

幾磨說著神經質地摸了摸劉海。

然後，他將一個大紙袋扔到矢瀨面前。紙袋裡是膠囊藥劑，藥名和廠商名都沒有標示在藥的外包裝上。

「這是？」

「增幅藥——配合你的體質加工製成的化學藥劑。效果只有暫時性，但可以將過度適應能力增幅到接近四百倍。你當作以防萬一的保險就好，雖然沒有直接的副作用，可別用過頭了，會讓人短命的。」

「你在擔心我？」

矢瀨一臉傻眼地苦笑。幾磨把這種危險玩意交給小學剛畢業的弟弟，即使口頭上表示擔心，聽起來也只像諷刺。

身為合理主義化身的異母兄弟，卻帶著徹底認真的表情回答：

「我會利用有利用價值的東西。就這樣。」

「是喔。」

呸——矢瀨吐舌瞪了幾磨，這童稚舉動合乎他的年紀。

幾磨帶著嘆息，制止了打算直接離開辦公室的弟弟。

「基樹。」

「嗯？」

矢瀨回過頭。依舊沒看他的幾磨用自言自語的口氣說：

「你的職責終究只是監視。要和對方親近無所謂，可別投入感情，否則會讓你難過。」

「那是誰的經驗談嗎？」

矢瀨輕輕抱起被交到手裡的紙袋，有些感傷地笑了。

「我會記得啦，大哥。幫我向老爸問好。」

2

坦白說，監視曉古城的任務很無趣。

四月底編入學校的曉古城並沒有違背矢瀨的第一印象，是個平凡無奇的少年，日常生活和一般國中生的行為模式也沒有多大差別。

即使如此，矢瀨仍忠實遵守本家的指令繼續監視。

顧慮到住在本家的母親是原因之一。矢瀨的母親並沒有強大的親屬後盾，而且又體弱多病，在一族當中地位偏低。為了保障她的生活，矢瀨必須表現出才幹。

至於另一個原因，純粹是矢瀨中意古城這個人而已。

平時看來慵懶不可靠的少年曉古城，只有在偶爾認真時才會顯露出猙獰的破壞本性。對於在身邊看著的矢瀨來說，他不時展現的支配力和決策力十分耐人尋味。

古城這樣的雙面性給矢瀨一種危險的印象。他會覺得無法移開視線，或許這就是原因。

認識兩年以後，矢瀨就忘掉監視的任務，不知不覺間把古城當好友看了。

儘管他內心也有自覺，這會違反異母兄弟的忠告──

「──古城！」

某個秋高氣爽的日子，矢瀨在放學時看見古城，叫了他一聲。

離彩海學園最近的車站附近有塊空地。古城一個人在那裡朝著籃球鬥牛用的破爛籃框默默地練習罰球。

「你在這種熱得要死的地方幹嘛？來體育館露臉啦。那些學弟會很高興喔。」

「拉倒。為什麼我非得免費當他們的教練？」

古城察覺矢瀨走了過來，懶散地回頭。

古城和矢瀨都是籃球社社員。由於他們已經國中三年級，基本上在夏季大賽比完以後就會引退。不過古城他們是讀國高中一貫的彩海學園，如果沒有規劃考外頭的高中，就算到社團露臉練球也不會被別人說話。

先不管常翹掉練習的矢瀨，曾經是球隊王牌的古城回去露臉肯定會大受歡迎。

然而，古城又一個人練起投籃了。

「欸，你真的不再打籃球了嗎——」

在四季常夏的絃神島，即使是秋季，白天氣溫仍直逼三十度。穿制服的古城滿身大汗。

矢瀨坐在球場旁邊的階梯上望著投籃的古城。

「高中部籃球社人數不夠，目前也沒有活動吧。畢竟聽說五十嵐學長還有柳學長都退社了。唉，我暫時想悠哉過一陣子。」

古城提起以前曾關照過他的學長名字，搪塞似的回答問題。

矢瀨無奈地嘆氣，捧著腮幫子說：

「這樣真的好嗎？去掉籃球，你就真的什麼長處都沒有了耶。」

「少管我啦！還有，你不要一開口就將我的發展性全部否決掉！」

徹底投偏的球砸在牆上，讓古城對矢瀨投以怨恨的眼神。

國中最後一場比賽結束以後，古城就完全不接近體育館了。碰上社團的隊友，他頂多嚼嚼舌根，感覺卻刻意避免聊到籃球的話題。然而對籃球依依不捨的他，還是會像這樣躲起來練投籃。

那模樣有種可憐的味道，但矢瀨沒有瞧不起他的意思。

因為矢瀨知道古城害怕的是什麼。

大賽裡最後一場輸掉的比賽——

比賽中的古城確實會比平時更專注，專注得讓人不敢隨便叫他。可是古城在那天的活躍已經誇張到異常的地步。

跳躍力和反應速度超乎常人，投籃異樣精準。傳球失誤雖多，不過原因是出在隊友無法趕上古城要求的速度。

比賽從中盤開始就變成古城的獨角戲，然後終於發生狀況。

運球強行衝破防禦的古城，和敵隊想靠犯規來攔下他的選手衝突，結果敵隊的選手受了重傷。

比賽因而暫時中斷，甚至還鬧到叫救護車。

古城本身並沒有過錯，但他仍大受動搖。

更讓古城受到打擊的是隊友看他的眼光。

那些人都害怕地望著古城。當古城回到長椅治療時，他們已經沒有繼續比賽的意願。古

城只能在長椅上眼睜睜地看著隊伍節節敗退——於是他就不再上球場了。

「我拿你的情報當餌，到處和外校的女經理混熟了耶——」

為了不讓古城自責，矢瀨用了耍寶的口氣。

「你都在忙那種事喔？」

開什麼玩笑——古城氣得齜牙咧嘴，矢瀨一臉不以為意地吹起口哨。從打球的習慣、喜歡的食物，乃至於有沒有女友——反正矢瀨橫豎得調查所有和古城有關的資訊，然後寫成詳細報告。事到如今就算外流那些情報賺點零用錢，矢瀨也不會感到愧疚。

話說回來，古城為什麼會在這種大熱天一直練罰球——

當矢瀨想到這種單純的疑問時，背後傳來聲音。

「抱歉～～古城，等很久了嗎？城守老師講話拖太長了——這是給你的伴手禮。」

如此說著衝下樓梯的是個容貌格外醒目的國中女生。她一身國中部制服穿得花俏亮麗，兩手還握著罐裝飲料。

「哦？淺蔥？」

矢瀨看到自己的青梅竹馬，訝異得眨眨眼睛。對方好像也同時注意到了他的存在，像是莫名心慌地拉高了講話的音調。

「你……你怎麼會在啊，基樹？」

「噢噢……哎呀哎呀……難不成你們是約好在這邊碰面？哦～這還真是……」

矢瀨沒回答淺蔥的問題，還擺出一副誇張的驚訝模樣。淺蔥看了他的反應，火大地紅著臉說：

「你……你……你……你在誤會什麼嘛，白痴基樹！」

「咕喔！」

砸過來的罐裝飲料直接命中矢瀨的腹部，讓他忍不住猛咳。

「痛死啦！妳喔，正常人會拿整罐飲料砸過來嗎！會死人耶！」

「還不是因為你亂講話！我只是聽說古城要去凪沙住的那間醫院，才想說要跟著一起去探病——！」

淺蔥一邊拿書包朝痛得死去活來的矢瀨背後猛砸一邊找藉口。

矢瀨拚命忍受她的攻擊，抬頭看著古城說：

「探病？凪沙身體又不舒服了嗎？」

「從週末就有一點——」

淡然嘀咕的古城則把髒掉的籃球收到包包裡。

儘管古城佯裝平靜，矢瀨還是知道他真心擔憂妹妹。

據說古城來絃神島就是為了讓妹妹接受治療，然而他一次都沒有對此表示不滿。古城會

專心練籃球，好像也是想用自己的活躍表現替妹妹打氣。

可是古城會這麼重視妹妹，其實和他的罪惡感是一體兩面。

古城恐怕到現在還一直責怪自己。在導致曉凪沙住院的事件中，他沒能徹底保護妹妹。但目前被剝奪記憶的古城卻不知道那次事件過後，他體內夾帶了多大的危險因素——

「有空的話，矢瀨你要不要一起來？凪沙那傢伙大概已經想找人講話想得按捺不住了，祭品能多一個也有幫助。」

古城用未必是開玩笑的口氣邀了矢瀨。矢瀨忍不住苦笑。

異常多話是曉凪沙這個女孩為數不多的缺點。要陪在病房裡悶得發慌的她聊天，用祭品來形容再符合不過。

「嗯，也好。既然這樣——」

差點答應的矢瀨忽然感到背後有視線刺過來，又把話吞了回去。猛一轉頭，就看見淺蔥帶著小朋友嘔氣般的臉色，慌慌張張地移開視線。

「怎……怎樣啦？」

淺蔥口氣生硬地裝蒜。有矢瀨一塊去比較輕鬆，可是和古城獨處的機會也很難割捨——她的表情透露出這種糾葛。

「呃，抱歉，今天還是算了。待會我有點事要辦。」

矢瀨並不是為淺蔥著想，但他說完就起身了。

掰啦——矢瀨站在夕陽下，對前往車站的古城他們揮手。

「…………」

接著，他默默仰望籃球框。

比賽後驗了血也沒有發現任何異常，曉古城毫無疑問是個普通人。可是古城自己在無意識間可能早就察覺了。

他在國中最後一場籃球賽上展現的驚異身手從何而來——

報告已經呈上去了，本家卻沒有指示。

矢瀨捂著被罐裝飲料轟炸過的側腹，腳步蹣跚。

目前他能做的就只有繼續監視好友。

一邊也祈禱他不會背負更多痛苦。

儘管矢瀨明白祈禱絕不會如願——

3

在夕色開始籠罩絃神市街時，矢瀨走出單軌列車的驗票閘，站在人工島北區的交叉路口。大約五百公尺前方處，可以看見古城和淺蔥並肩同行的身影。

遠遠看去，兩個人像是勾著胳臂，不過淺蔥其實才剛用手肘頂了古城。雖然沒辦法連對話都聽清楚，看來淺蔥是狠狠吐槽了耍笨的古城。要說他們相處融洽倒也可以，不過那並不是青澀情侶會有的互動，氣氛比較像唱雙簧的搭檔或彼此熟稔的死黨。

「那傢伙搞什麼啊……」

矢瀨對於淺蔥依舊低落的戀愛技能，忍不住捂了眼睛。

矢瀨中意古城的理由還有一個——那就是藍羽淺蔥的存在。

淺蔥和矢瀨是從上小學以前就認識的老交情。以前在同一間幼稚園等監護人來接時，他們每天都是等到最晚的。也由於彼此家境都有些狀況，他們的關係可以說比親兄妹還親。

但是，淺蔥和藉著過度適應能力而擅於和人來往的矢瀨不同，她對和人相處這件事並不算拿手，小學時期的她在班上尤其孤獨。

與其說淺蔥被同學討厭，別人對她的感覺比較接近於「畏懼」。淺蔥出色的課業成績和端正過頭的五官，使她交不到同性朋友。除了年齡差距大的姊姊以外，淺蔥的同性玩伴相當少，常常都和矢瀨一起行動。

讓這種狀況改變的不是別人，就是曉古城。

在醫院等候室碰巧交談過短短幾句，似乎成了讓淺蔥莫名在意古城的契機。

那之後淺蔥所做的一切，即使在矢瀨看來也覺得她相當努力。不擅長和人來往的淺蔥拚命找藉口和古城搭話；儘管給人有些矯枉過正的印象，但她也花了心血在化妝和打扮上面；對籃球規則也背得精通，甚至還能和古城討論ＮＢＡ的戰術。

淺蔥這樣的舉動也讓班上女生的態度改變了。

不管任何時代，大部分女生都會相挺悲劇的女主角。

淺蔥的笨拙意外在班上傳開，難親近的美女形象也就替換成了「可愛卻不吃香又拙於戀愛的女同學」這樣的評價。

高牆一旦倒下，淺蔥具備的高超技能要帶給同學們好印象，自然是游刃有餘。淺蔥就這樣帶著自己的本色，讓周圍的人接受她了。

無論經過如何，結果古城等於幫了淺蔥一把。這些細節矢瀨當然不會說出口，不過他因此暗自對古城懷著一份感謝。

然而，矢瀨並不是為了體貼古城和淺蔥才回絕和他們一起去探望凪沙。他另有不能去醫院的理由。

「…………」

走在路上的古城和淺蔥後方——有道陌生人影維持在兩百公尺左右的距離，一直跟著他們移動。緊身的皮革黑洋裝外搭風衣，是個穿著打扮一看就覺得詭異的年輕女性。她提著大小剛好能裝衝鋒槍的金屬手提箱。

古城他們所在的人工島北區是企業及大學設施林立的研究所街。穿得像上一個世代的殺手的女性，好比誤闖現代街道的異物，顯眼得不得了。

最要不得的是，她的手腕上戴著新得發亮的金屬製手鐲。

「魔族登錄證嗎……登錄的魔族怎麼會……？」

矢瀨慎重地保持距離，觀察她的行動。

古城默默在公園練籃球時，矢瀨就察覺到這個女性的存在了。她肯定是在跟蹤古城，但目的不明。從矢瀨開始監視古城的兩年半期間，完全沒有魔族接近古城。

離要去的醫院已經不遠，古城和淺蔥過了天橋。女性也跟著走上樓梯。

在她的身影從矢瀨視野中消失的下一刻，連氣息都跟著消失了。

「什麼——！」

大受動搖的矢瀨衝了過去。他摘下戴在耳朵上的耳機，將意識專注於聽覺。矢瀨是在聲音方面經過特化的過度適應能力者，別說是腳步聲，只要他有意就連幾百公尺遠的呼吸、心跳都能感應到。然而靠矢瀨這樣的能力，卻掌握不到跟蹤古城他們的女性形跡——

只有女性原本拿的金屬手提箱被擱在天橋上。

「我竟然……把人看丟了？怎麼可能！」

矢瀨呆愣地咕噥。他的說話聲在無人的天橋上擴散消失。

他經能力加強的聽覺從迴響中聽出了些微異狀。聲音傳達速度的些許落差，原因出在大氣中的濕度不均。

「霧化？原來如此，是D種——！」

察覺對方真面目的矢瀨回過頭。假如他不是天生的超能力者，而是受過訓練的攻魔師，應該會更早察覺到彌漫於四周的濃密魔力。

女性的真面目是吸血鬼，而且是血承「遺忘戰王」的「舊世代」。這個等級的吸血鬼要藉霧化隱身並非難事。

察覺矢瀨尾隨的女性靠霧化隱身，巧妙地將他誘了出來。

「絃神島的居民……學生嗎？看來倒也不像普通人。」

女性將黑色大衣一翻，在天橋扶手上化為實體。外表的年齡比看背影所想像的更年輕，大概十七、八歲，頂多二十。絹絲般柔亮的褐髮搖曳於夕色下，深紅的眼睛正瞪著矢瀨。

「你願意老實回答，為什麼要跟蹤我嗎？」

女性解開魔族登錄證問道。或許她寧願冒著被人向特區警備隊通報的風險，也要召喚眷獸。當然，矢瀨並沒有足以和吸血鬼眷獸交戰的力量。他冷汗浹背。

「……我才想問妳，偷偷摸摸跟在國中生後面要幹嘛？妳喜歡年紀小的？」

矢瀨掩飾內心慌張，傲然笑了出來。先不管實際活的時間多長，據說吸血鬼的心智年齡是和外表成正比。對方若有破綻，大概就是精神上的不成熟吧。

「誰……誰有那種興趣——！」

就像矢瀨推斷的，女吸血鬼一下子就受到挑釁了。

她甚至忘記自己正站在不穩的天橋扶手上，踏出腳步後失去了平衡，直接摔在天橋走道上。腰和背都撞得發出大聲響，讓人聽了就覺得疼。

「痛痛痛痛痛……！」

女吸血鬼按著後腦杓，淚眼汪汪。矢瀨看著她的模樣，臉上不由得帶了同情的神色，恐懼感在不知不覺中消失了。以一個靠戰鬥為生的吸血鬼來說，她實在太沒防備了，肯定是外行人。從她穿著不適合跟蹤的醒目服裝這點，矢瀨就該猜到了。

「啊……喂，沒事吧……？」

「當……當然沒事！我身為卡爾雅納家的女兒，這點小挫折……」

女吸血鬼拚命壓著短裙下襬起身。她無心間提到的單字讓矢瀨微微感到困惑。

「卡爾雅納……？妳是『戰王領域』卡爾雅納伯爵家的倖存者？」

「咦？你怎麼知道……！」

矢瀨望向神色驚訝的女吸血鬼，同時也湧上了些許無力感。

「呃，不是妳自己講的嗎？」

「唔……啊！」

被矢瀨點破，她又驚慌地猛搖頭說：

「不……不對，我的意思是，住在遙遠東方的你怎麼可能會知道這些事情！包括卡爾雅納伯爵的家名，還有一族遭到屠殺的事──」

「妳順利混過去了耶……」

「囉嗦！」

她終於發癲似的吼了出來，然後粗魯地揪起矢瀨的胸口。

就算跟蹤外行，那終究是吸血鬼的臂力，矢瀨抵抗個一兩下也不可能逃掉。她看矢瀨安分下來以後才總算露出微笑，唇縫間可見皓白獠牙。

「你那衣服和曉古城是同一款制服！還特地安排了監視者潛伏在他的學校？你是哪個派系的人？」

「……派系？」

矢瀨呼吸困難地呻吟。女吸血鬼的發言顯示除了她以外，還有複數勢力盯上了古城。不管身為古城的監視者或朋友，那都是無法坐視的狀況。

「我想你應該也一樣不想無端生事吧？」

對方似乎將矢瀨不回答問題的態度判斷成不合作。女吸血鬼壓迫在他喉嚨上的指頭力道正逐漸增強。

「為什麼……吸血鬼會盯上古城……！」

矢瀨聲音沙啞地問了。霎時間，女吸血鬼的眼裡浮現一絲猶疑。她好像總算想到，矢瀨可能是和她的目的無關的局外者了。

「我盯上……曉古城？什麼意思？你不是在找鑰匙嗎？」

「……妳說……鑰匙？」

女吸血鬼躊躇般抿著唇一陣子以後，就鬆開指頭放了矢瀨。

矢瀨虛弱地咳嗽，並且靜靜地瞪著她。

看來這個褐髮女吸血鬼並沒有盯上古城。即使如此，她跟蹤古城這一點仍然沒變。

接下來才要判斷她是不是敵人。

矢瀨沒有能硬碰硬打倒吸血鬼的力量，但如果對方是害怕惹出事端的登錄魔族就另當別論。再加上她個性粗心又容易受挑釁，只要好好利用這些部分，應該能套出有用的情報——

「——唔！」

然而在矢瀨準備要開始交涉的當頭，卻感到全身極度痛苦而跪了下來。

撕裂大氣般的驚人衝擊打破了用於捕捉古城動靜的「聲響結界」。忽然出現在地面的青白色雷光染上黃昏的天空。

「不會吧！」

褐髮女吸血鬼朝眩目雷光瞇眼，倒抽一口氣。

驚愕得臉皺在一起的她仰望在逆光中浮現的大樓樓頂——

站在那裡的，是個全身環繞青白雷霆的少女。

4

「什麼人……！」

矢瀨將視線轉向陌生少女。

下一刻，異變驟現。

眩目閃光布滿視野，肌膚感到熱燙疼痛的同時，待在天橋上的矢瀨等人就被震飛了。臭氧的異味撲鼻而來，帶電的大氣讓頭髮直豎。

「唔……打雷嗎！」

矢瀨掛在脖子上的耳機冒出火花，他只好咂嘴把耳機扔掉。事情來得太快，無法理解發生了什麼。和大樓上的少女對上目光的瞬間，矢瀨他們就受到衝擊了。

「不對！那是——」

重重撞在天橋扶手上的女吸血鬼捂著後腦杓，撐起了上半身。妳知道是怎麼回事嗎——矢瀨說著將視線轉向她，結果卻忍不住冒出一聲：「啊。」

一屁股跌在地上的少女，裙底風光意外地全部朝矢瀨露光光了。黑色蕾絲的吊帶襪對國中男生來說刺激太強了一點。

「你……你看見了對不對！」

「現在是說這個的時候嗎！」

「我身為卡爾雅納家的女兒，竟然受了這種恥辱——！」

女吸血鬼滿臉通紅地發抖。根本沒得溝通嘛——矢瀨死心後，又將視線轉向大樓上面。

雷光繞身的是個十四、五歲左右的嬌小少女，金色頭髮理得像男生一樣短，眼睛像火焰般綻放青白色光輝。她全身披著鑲了金邊的白金鎧甲，明顯是戰鬥用裝束。

「可惡。那傢伙搞什麼——！」

「這道雷……Pemptos！為什麼王會親自……！」

褐髮女吸血鬼仰望鎧甲少女，呆愣地發出低喃。她會全身打哆嗦，應該不只是因為打雷的衝擊。她畏懼鎧甲少女。

「那傢伙也是吸血鬼嗎！剛才的攻擊……感覺並不像眷獸就是了……」

「吸血鬼？你別說笑了！那些傢伙純粹是怪物！弒神兵器！」

女吸血鬼朝矢瀨吼了回去。陌生的字眼讓矢瀨感到疑惑。身穿白金鎧甲的美麗少女，和「兵器」這個詞所能聯想到的形象相差甚遠。隨後——

「——把鑰匙交出來，葳兒蒂亞娜・卡爾雅納。」

鎧甲少女口氣肅穆地下令，火焰雙眸凝視著矢瀨身旁的女吸血鬼。葳兒蒂亞娜好像是女吸血鬼的名字。

「鑰匙……？」

矢瀨聽懂少女的話了。剛才的閃光只是威脅，不只收斂了威力，還刻意避免直接命中，為的就是得到葳兒蒂亞娜身上所謂的「鑰匙」。

「交出鑰匙。或者，妳想死——？」

鎧甲少女再次宣告，環繞她全身的雷光越顯閃耀。

唔——葳兒蒂亞娜緊咬嘴唇，看向矢瀨。

「那邊那個，你叫什麼名字——？」

「……矢瀨。矢瀨基樹。」

矢瀨老實回答問題。假如這樣就能得到對方信任，他覺得報上名字只是小意思。

葳兒蒂亞娜滿意地點頭，然後上前袒護矢瀨。

「好，基樹，我會爭取時間讓你逃跑。所以，你要幫我將那個手提箱送去給ＭＡＲ的曉深森！」

「喂……！」

矢瀨察覺到葳兒蒂亞娜準備做什麼，表情頓時凍結。

女吸血鬼從全身噴湧出血霧，霧氣幻化成猛犬的身影——口吐火焰的三頭眷獸。她打算在這種市區裡用眷獸開戰。

即使是在「魔族特區」長大的矢瀨，也少有近距離目睹吸血鬼眷獸的經驗。他不禁懾於妖犬綻放的爆發性魔力。

「『Ganglot』——拜託你了！」

葳兒蒂亞娜命令自己的眷獸攻擊鎧甲少女。

矢瀨趁機撿起倒在天橋角落的金屬手提箱。這只手提箱裡的東西，恐怕就是鎧甲少女要求的「鑰匙」吧。

收下手提箱也就等於和鎧甲少女為敵。即使如此，矢瀨仍不猶豫。因為葳兒蒂亞娜口中提到了曉深森——古城母親的名字。

如果葳兒蒂亞娜和曉深森是同夥，將她當成古城這一邊的人應該不會錯。既然如此，矢瀨就有理由幫她。

而且矢瀨有勝算——異母兄弟交給他的增幅劑。

這種難吃得要命的膠囊，矢瀨已經用本身肉體驗證過效果。經化學藥劑增幅後，矢瀨的過度適應能力就能隨意操縱氣流、引發狂風。借助那陣氣流，他便可以用時速九十公里以上——四秒跑完一百公尺的驚人速度疾走，到深森所在的ＭＡＲ研究所用不了四十秒。只要葳兒蒂亞娜撐得過這不到一分鐘的空檔，矢瀨就應該能達成目的。

「啊————！」

可是在矢瀨含下膠囊以前，葳兒蒂亞娜就隨著慘叫聲癱倒了。

愕然的矢瀨回過頭，只見遭眩目閃光壓頂的妖犬身形正逐步消滅。出現在黃昏天空的，是一頭雷光繞身的巨獅。

葳兒蒂亞娜的眷獸全長四公尺多。光是這種怪物，驚人程度已堪稱「舊世代」的眷獸，雷光巨獅的身軀卻遠遠大於它。超過十幾公尺的雄姿，甚至給人占滿整片天空的錯覺。

獅子提起前腳的一擊，將葳兒蒂亞娜的眷獸消滅得不留痕跡。

「這傢伙是什麼玩意……！」

矢瀨茫然仰望天空，杵在原地。

那頭雷光巨獅恐怕也是眷獸——具現化以後，濃密得具備獨立意志的魔力聚合體。但是這未免強大過頭，這種規模不可能是單單一名吸血鬼駕馭得了的召喚獸。如此魔力要是無秩序地釋放出來，最糟的情況，半座絃神島都會被燒得精光。

鎧甲少女睥睨著失去眷獸而半恍惚地倒下的葳兒蒂亞娜。

聽命於少女的雷光巨獅再度舉起了前腳。

停下來——矢瀨伸出手。然而，這樣的舉動毫無意義。雷光巨獅的攻擊朝葳兒蒂亞娜撲來，連帶將他捲了進去。

橫跨交叉路口的巨大天橋瞬間被消滅得連瓦礫也不剩。

然而，矢瀨畏懼的衝擊卻沒有撲到他們身上。

既沒有爆炸聲也沒有慘叫，連風聲都聽不到，只有徹底的寂靜包覆著矢瀨他們。

打破這陣寂靜的，是一道和緩脫俗的少女嗓音。

「停手，第五號（Pemptos）——第五號『焰光夜伯』。」

這道聲音傳來的同時，所有聲音也回到了這個世界。

讓天橋蒸發的高熱衝擊餘波變成狂風，掃在矢瀨臉上。

和葳兒蒂亞娜疊在一塊的矢瀨倒在離天橋三十多公尺遠的馬路旁。矢瀨他們本身都沒有發覺自己剎那間就被人移動了。

「怎……怎麼搞的……」

矢瀨冒出像是失去片段記憶的不適，粗魯地甩了甩頭。他並沒有感受到空間操控魔法特有的近似暈船感，那種不快反倒像是看了畫面掉格的電影。時間的連續性中斷，彷彿書本被撕去幾頁。

「『寂靜破除者（Paper Noise）』……！」

被矢瀨抱起來的葳兒蒂亞娜抬著臉茫然發出嘀咕。

她看著無人的馬路中央——身穿制服站在那裡的少女。

那是個戴了眼鏡、腋下夾著書、給人樸素印象的少女。

「妳是……！」

被稱為第五號的鎧甲少女憤怒得挑起眉。她用右手指向帶著書的少女，命令雷光巨獅攻擊她。

霎時間，世界又遭沉默支配。

「——！」

鎧甲少女的右臂無聲無息地從上臂被扯斷了。

接著像是被看不見的鐵鎚痛毆，少女飛了出去。她掉在矢瀨他們眼前，身體直接陷進柏油地面。

隨後，聲音回到了世界。

唔——少女口中嘔出血塊。大概是供給的魔力中斷了，雷光巨獅的身軀如蜃景一般搖曳消失。

矢瀨他們不懂發生了什麼。被稱作「寂靜破除者」的制服少女緩緩回頭俯望鎧甲少女。

「妳的行為抵觸了『宴席』的規範。如果還要繼續戰鬥行為，我會本著定奪者(Bookmaker)的權限立刻讓妳喪失資格——」

「寂靜破除者」手裡拿的是鎧甲少女被切斷的右臂。她隨手將手臂扔給鎧甲少女。

被稱為「第五號」的少女站了起來，一身鎧甲吱嘎作響。

她用憎惡的眼神瞪著「寂靜破除者」，全身再度籠罩雷霆，接著就以電光般的速度不知飛去哪裡了。

「寂靜破除者」帶著嘆息目送她離去，接著又將視線轉到矢瀨他們這邊。

正確來說，她用冷冷視線對著的，是被矢瀨攙扶的葳兒蒂亞娜。

「那麼，葳兒蒂亞娜・卡爾雅納——能不能說明妳為什麼會在這裡？卡爾雅納伯爵家應該已經失去『宴席』的參加資格了吧？」

「寂靜破除者」語氣和緩地問了。葳兒蒂亞娜咬牙作響，拚命從喉嚨擠出聲音回答：

「保護了第十二號『焰光夜伯』可是我的姊姊。卡爾雅納一族有權賭在她身上，賭在第十二號身上——！」

「寂靜破除者」不帶感情地望著用深紅眼睛瞪過來的葳兒蒂亞娜。衣服摩擦般的窸窣聲傳到了矢瀨耳裡。

「好吧，妳的參加資格保留到以後判斷。不過，在那之前——」

如此說著的「寂靜破除者」手上不知不覺中冒出了金屬手提箱。那是葳兒蒂亞娜的行李，原本應該被矢瀨拿在手裡。

「這把鑰匙就由我保管。」

葳兒蒂亞娜面露慍色地瞪了如此淡然告知的「寂靜破除者」。她重重捶在路面的拳頭滲出血來。

「獅子王機關……！」

屈辱得發抖的葳兒蒂亞娜嘀咕著撂下這句話。

「寂靜破除者」毫無防備地背對這樣的她離去。

看不見對方身影以後，現場只剩矢瀨和葳兒蒂亞娜。

發現天橋被摧毀，馬路上聚集了看熱鬧的人。不用再過幾分鐘，警察或特區警備隊也會趕來。矢瀨身為人工島管理公社的諜報人員，對他來說特區警備隊等於自己人。不過這次要是被他們逮住，事情似乎難免會變得麻煩，先離開這裡應該比較好。

不過在那之前，矢瀨有件事非得確認清楚。

「能不能跟我說明這是怎麼回事，葳兒小姐？」

「你怎麼隨隨便便就叫得那麼親暱——」

垂頭喪氣的葳兒蒂亞娜一臉不開心地抬起臉看了矢瀨，接著訝異得瞪大眼睛。

「基樹，你拿的是——！」

「我想到會有這種情況，事先做了保險。」

矢瀨說著把藏在背後的東西舉了起來。那是用布裹著的金屬棒，銀亮的表面刻滿密密麻麻的魔法字樣，給人一種未來感。

直徑約三到四公分，長度不滿五十公分，其中一端磨得銳利。

要稱為槍嫌太短，要當作箭矢又太重。「椿」這個字眼最符合其形象。

這根金屬椿，正是葳兒蒂亞娜託付給矢瀨的手提箱內容物。

趁著「寂靜破除者」和鎧甲少女交手的短瞬空隙，矢瀨瞞著她的眼睛偷偷拿出了這玩意，藏在制服背後。

「虧你能在那種狀況下動手腳……真是厲害的惡棍。」

葳兒蒂亞娜佩服似的深深呼了一口氣。

「不過，妳把這東西叫成『鑰匙』——」

「是啊……這是鑰匙，用來開啟『棺材』。」

葳兒蒂亞娜說著就想從矢瀨手裡搶走金屬樁，但矢瀨靈活地閃開她的手又問：

「東西還妳以前，能不能告訴我第十二號『焰光夜伯』是什麼意思？」

葳兒蒂亞娜恨恨地朝矢瀨看了一會，不久就像轉念似的端正姿勢。也許她是決定將矢瀨當成協助者，才打算盡自己該有的禮節。

如今從她臉上能隱約感覺到堪稱貴族的氣質餘韻。

「……你知道第四真祖吧。」

葳兒蒂亞娜靜靜問了。矢瀨板著臉點頭。

「妳是說理應不存在的第四名真祖，世界最強吸血鬼嗎？」

「沒錯。但你有沒有想過？存在受到公認的真祖只有三名——可是，為什麼理應不存在的第四個真祖卻在歷史中出現好幾次，還留下令世界大亂的記錄？為何連其他真祖都認同『焰光夜伯』是最強的吸血鬼？」

嗯——矢瀨低聲咕噥。他並不曾對幼稚的都市傳說想得太深，不過葳兒蒂亞娜最後提出的疑問聽起來確實讓人覺得奇怪。

葳兒蒂亞娜看矢瀨沉默，就略顯得意地笑了。

「道理說來很簡單。第四真祖是人工創造出來的。不外由三名真祖設計出的世界最強吸血鬼——那就是第四真祖。所謂的『焰光夜伯』，其實是創造第四真祖的計畫名稱。」

「創造……真祖的計畫……？」

矢瀨全身起了雞皮疙瘩。他沒辦法將葳兒蒂亞娜的話當成謬論一笑置之，因為他親眼看到了鎧甲少女率領的雷光巨獅。

威力誇張得匹敵天災的召喚獸——那不正是第四真祖的眷獸嗎？

矢瀨忽然想起創造出萬花筒（Kaleidoscope）花樣的，是筒內三面鏡子組成的三稜鏡。

那麼「焰光夜伯（Kaleido Blood）」這個名稱，不就象徵了第四真祖所扮演的角色？透過三名真祖人工創造出的「世界最強吸血鬼」角色——

「妳說過第四真祖是兵器，對吧？」

矢瀨低聲反問。既然是兵器，就算能量產也不奇怪。即使製造出十二具，或者更多也一樣。所以問題並不在這裡。

「所謂的兵器，是為了對付敵人才會存在。特地造出世界最強的吸血鬼，那些真祖打算做什麼？」

「那還用問。」

於是葳兒蒂亞娜靜靜說出了那個字眼。

落在海平線的金色夕陽，悄悄照著她那點綴著悲壯決心的臉龐。

「——為了『聖殲』啊。」

終章
Outro

矢瀨基樹在沿海的防波堤斜面上醒了。

天空夕色已濃，海風涼颼颼的。和緩的海浪聲在樹脂製的消波塊間迴盪，海潮味撲鼻。制服沾了血沉甸甸的。

矢瀨記得自己在人工島北區碰上紘神冥駕，更遭到砍傷。他操縱氣流往後跳開，設法讓自己避開致命傷，又碰巧摔在路過的卡車載貨板上，逃過了冥駕的追殺。不過，矢瀨的記憶只到這裡。

「你醒了嗎？基樹——」

躺著的矢瀨身邊傳來問話聲。穿著彩海學園制服的少女闔上讀到一半的書並回頭。她一如往常的平淡態度讓矢瀨苦笑著嘆氣。

「是妳啊，學姊？」

矢瀨說著撐起上半身，貫穿全身的劇痛讓他發出慘叫。「寂靜破除者」——閑古詠不帶感情地望著痛苦的矢瀨，靜靜說道：

「還不要起來比較好喔。斷裂的血管和肌肉我替你接上了，不過那只是急救處理。要能

正常活動大概需要兩個星期。」

「看來是這樣。」

矢瀨又趴到防波堤上，粗魯地撫弄亂掉的頭髮。

古詠看了矢瀨那模樣，別說用腿枕著他，連汗都不打算幫忙擦，態度彷彿害怕用自己染血的指頭碰觸矢瀨。

「我夢到了第一次遇見妳那時候。」

矢瀨自言自語似的嘀咕。

古詠望著矢瀨，露出像淡淡雪花的憂傷笑容。

「才一年以前的事，感覺已經過了很久呢。」

「嗯，對啊。」

受不了——矢瀨自嘲地閉上眼睛。那天過後的短短期間裡，發生太多事情了。人工島的一座區塊沉沒，死了許多人。而古城擔負了太過殘酷的命運，對此矢瀨仍然感到悔恨。

「妳會在這裡，表示古城他們平安吧。」

再次起身的矢瀨看向古詠。古詠有些傻眼地點頭說：

「是啊。第三真祖『混沌皇女』離開了。」

「『混沌皇女』……」

這樣啊——矢瀨不悅地瞇眼。

第三真祖嘉妲・庫寇坎——假如擊退瓦特拉的兩名心腹以及那強大的眷獸都出自她的手，一切就能讓人釋懷了。

「MAR的設施損害慘重，不過他們對於這件事應該會保持沉默吧。」

「……畢竟那些人做的虧心事也夠多了。」

「不。因為即使將這次損失從必要經費扣除，MAR的利潤還是有餘。全靠絃神分公司——不對，曉深森的研究。」

「這個社會好爛……雖然我沒資格講就是了……」

矢瀨懶散地皺著臉嘆氣。背著良心靠爾虞我詐賺錢這一點，他家裡……也就是矢瀨財團同樣半斤八兩。

「絃神冥駕好像發現了。你那個青梅竹馬的祕密。」

古詠打破一瞬的寂靜說了。

矢瀨表情凝重。古詠帶著某種滿足的神情，望著他驚慌得無法掩飾的模樣。那無邪而殘酷的神情，宛如想獨占他人愛情的年幼小孩。

「妳說……淺蔥的祕密？是嗎！可惡，原來是這麼回事……！」

連傷痛都忘了的矢瀨瞪著古詠，氣急敗壞地逼近面無表情的她。

「妳明知道這一點，為什麼還放了他？靠妳的能力，應該阻止得了那個男的啊！」

「因為沒有那種必要。」

被稱為「寂靜破除者」的少女宣告得不留情面。

「獅子王機關的職務，是保護日本這個國家不受大規模的魔導災害或恐怖攻擊——我判斷絃神冥駕的行動並不會妨礙我們的目的。」

「學姊，妳——」

古詠看似不帶感情的眼裡微微閃爍著潤澤。她明白自己下的判斷在往後將招來多少不幸和悲劇。

即使如此，她還是沒有阻止絃神冥駕。

身為獅子王機關三聖之首的她——

「告訴我，學姊。絃神冥駕想利用這座島做什麼？」

矢瀨從正面看著古詠問道。

絃神冥駕——和人工島「絃神市」的設計者絃神千羅擁有同樣姓氏的男子。他會被當成魔導罪犯囚禁於監獄結界，應該不是單純的巧合。

冥駕犯下的罪行，肯定和隱藏在這座絃神島的祕密有很深的關聯。還有他對淺蔥感興趣的理由——

「你不是已經察覺了嗎？基樹？」

「……他想將那傢伙叫回來嗎！」

矢瀨粗聲粗氣地嘀咕。

文明和爭端的象徵——透過金屬和魔法孕育而出的人工島，「魔族特區」絃神市。

要當作喚出那一位的祭壇，應該沒有舞台比這裡更合適了。受豐饒大地詛咒者；原初的罪人；魔族之祖；同時亦為所有人類和魔族的天敵。

以往在「聖殲」中毀滅了地上世界好幾次的人——

當矢瀨受制於絕望時，古詠忽然靜靜地細語：

「不要緊——我們會贏的。因為這場『聖殲』不只是第四真祖[他]的戰爭。」

她那有如代宣神諭的細語，讓矢瀨呵呵苦笑著放鬆力氣。

一瞬間，矢瀨腦裡閃過的是古城，還有依偎在他身旁的嬌小少女身影。

並非靈能力者的矢瀨當然無法靈視。

即使如此，忽然浮現的那幅畫面已經有足夠的效果，讓矢瀨覺得自己是杞人憂天。沒錯，現在和一年前那時候不一樣。

曉古城的監視者不只一個——

古詠的身影在不知不覺中消失了。

矢瀨貌似疲倦地嘆氣，當場躺下閉上眼睛。

應該還有一些時間，還有時間讓他沉浸於回憶中。

於是矢瀨入眠了。

在夢中遙想著那個既令人懷念又可悲，人稱「焰光夜伯」的少女——

後記

就這樣，已向各位奉上《噬血狂襲》第七集。

這是系列作的第七集，而且第四真祖的真面目和古城的過去等重要資訊，從這一集開始終於解禁了。懷著對各位讀者奉陪這部作品到現在的感謝之意，未公開的篇章、重要機密、新角色及小插曲都來勢洶洶塞進了這一集，若能讓大家讀得開心就是我的榮幸。

看完的讀者應該也都發現了，這一集的結構有些跳脫規範，各章節時間軸寫成了（大約）四年前↓現在↓（大約）一年前如此交錯的形式。這是因為回想篇並非「已經結束的過去」，仍以現在進行式影響著古城等人的現狀。把內容想成各自獨立的篇章並沒有問題，要依照發生的時間順序讀下來同樣可以。希望大家能照著自己喜歡的方式閱讀。

假如不老不死的吸血鬼真的存在，最感到困擾的職業會是哪一行？要問到這個，其實我覺得是歷史學家或考古學家。即使他們辛辛苦苦地調查遺跡和文獻，推測出古代文明的樣貌，要是讓實際看過當時情形的吸血鬼真祖評了一句「那不對」，心血就會全部泡湯。

話說回來，從吸血鬼的立場來想，連本人都忘記的遠古黑歷史以及年輕氣盛所犯下的過錯痕跡，同樣有被考古學家發現的風險。以某種角度而言，也許他們互為天敵。在這一集登場的詭異中年大叔就是這樣創造出來的角色，想像他和深森相戀的過程也滿好玩的，應該說那看起來根本只是犯罪過程（畢竟年紀也差了十歲以上）……

先不提那些，這次能寫到矢瀨這些平常不會浮上檯面的背後因素和心境，以我個人來說是挺開心的。關於國中時期的古城和矢瀨，有機會的話也許遲早會仔細寫寫看。不過隨著戲份越多，矢瀨似乎就變得越不幸，是我的心理作用嗎……？無論如何，以某種意義而言，他是比古城更與事件核心相關的人物，希望大家也能期待他往後的活躍表現。

這次同樣受負責插畫的マニャ子老師關照了。隔月出刊的日程加上眾多新角色，而且連固定班底的登場人物都要調整造型，我想一定費了不少工夫。真的非常感謝您！

還有負責改編漫畫的ＴＡＴＥ老師，一直都很謝謝您。女生們變得比原作還可愛，古城也是個型男，戰鬥場景更是帥氣得讓我每一期都十分期待。往後也請多多指教！

另外以湯澤責編為首，所有製作、發行本書（而且在出版日程上被我添了許多困擾）的相關人士，我也要由衷向各位表達謝意。

當然，對於讀完本書的各位讀者，我也要致上最高的謝意。

那麼，希望我們能在下一集再見。

三雲岳斗

Kadokawa Light Novels

殭屍少女的災難 1~2

作者：池端 亮　插畫：蔓木鋼音

不死之身的大小姐VS身手矯健的女中學生
超越人體極限的戰鬥就此展開！

　　我是楚楚可憐的侍女，艾瑪．V。從百年沉睡醒來的大小姐，發現秘石被偷走了。

　　其實我知道犯人是誰——只不過柔弱的我打不贏對方，這種野蠻的事還是交給大小姐吧。獻上既歡樂又血腥的奇幻輕小說！

各NT$160/HK$45

台湾角川

Kadokawa Light Novels

柊★たくみ

絕對雙刃

謊言、真相與赤紅

illustration 淺葉ゆう

2

Kadokawa Fantastic Novels

絕對雙刃 1~2 待續

作者：柊★たくみ　插畫：淺葉ゆう

「異能」與「特別」的相遇
加速了故事的節奏──！

「焰牙」──那是藉由超化之後的精神力將自身靈魂具現化，所創造出的武器。金黃色頭髮的美少女莉莉絲對我撂下一句：「九重透流，從今天起你就是我的『絆雙刃』」。而被稱為「特別」的她，「焰牙」形狀竟是被認為不可能具現化的「來福槍」……？

各 **NT$180~200/HK$50~55**

Kadokawa Light Novels

喪女會的不當日常

Our Mojo-kai was always like slapstick comedy. But, as it is, that was peaceful enough in a way. I used to think so, until I met her. Because I've never imagined our school days were "I-do-la" in fact.

3

Reiji Kaito
海冬零兒

Illustration Aka Akasaka
赤坂アカ

Kadokawa Fantastic Novels

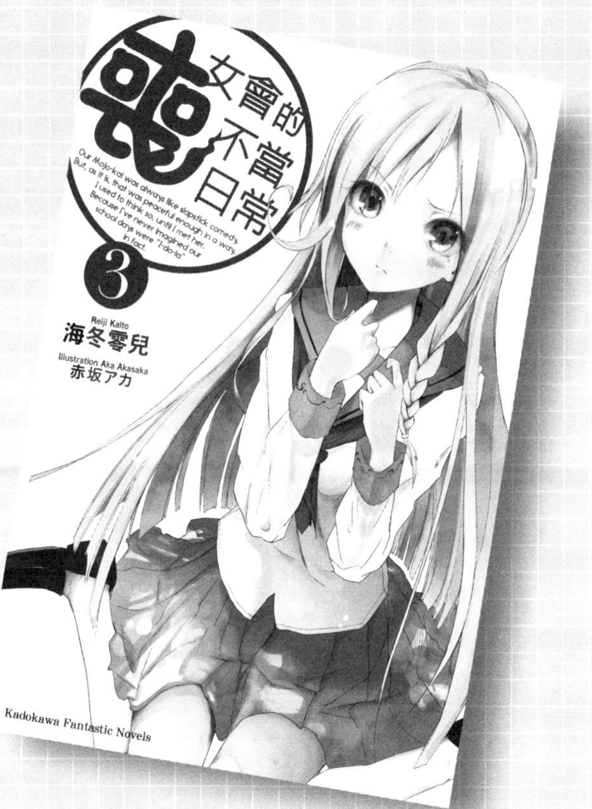

喪女會的不當日常 1~3（完）

作者：海冬零兒　插畫：赤坂アカ

喪女會的不當日常迎向高潮，
極限的「反日常系」至此完結！

喪女會的日常再度變貌。我這個「美少女」和愛如膠似漆地交往中，而學姊、繭與雛子都專情於我，完全是後宮狀態。這時，愛為嫉妒所苦而跳軌自殺，名為源光的少女槍口瞄準我的眉心——世界很殘酷，但若是為了取回愛，我將比這個世界更殘酷！

各 NT$180~190/HK$50

國家圖書館出版品預行編目資料

噬血狂襲 7 焰光夜伯 / 三雲岳斗作 ; 鄭人彥譯. -- 初版. -- 臺北市 : 臺灣角川, 2014.02

面 ; 公分

譯自 : ストライク・ザ・ブラッド 7 焰光の夜伯

ISBN 978-986-325-791-2(平裝)

861.57 102026354

Kadokawa
Fantastic
Novels

噬血狂襲 7
焰光夜伯

（原著名：ストライク・ザ・ブラッド 7 焰光の夜伯）

2014年2月4日　初版第1刷發行
2020年9月3日　初版第6刷發行

作　者：三雲岳斗
插　畫：マニャ子
日版設計：渡邊宏一
譯　者：鄭人彥

發行人：岩崎剛人
總編輯：蔡佩芬
編　輯：孫千棻
美術設計：黃永漢
印　務：李明修（主任）、張加恩（主任）、張凱棋

發行所：台灣角川股份有限公司
地　址：105台北市光復北路11巷44號5樓
電　話：（02）2747-2433
傳　真：（02）2747-2558
網　址：http://www.kadokawa.com.tw
劃撥帳戶：台灣角川股份有限公司
劃撥帳號：19487412
法律顧問：有澤法律事務所
製　版：巨茂科技印刷有限公司
ISBN：978-986-325-791-2